Pour te ressembler

DE LA MÊME AUTRICE

Sociologie

Christian Baudelot, Marie Cartier et Christine Détrez, *Et pourtant, ils lisent...*, Seuil, 1999.

La Construction sociale du corps, Seuil, 2002.

Christine Détrez et Anne Simon, *À leur corps défendant : les femmes à l'épreuve du nouvel ordre moral*, Seuil, 2006.

Christine Détrez, Sylvie Octobre, Pierre Mercklé et Nathalie Berthomier, *L'Enfance des loisirs. Trajectoires communes et parcours individuels de la fin de l'enfance à la grande adolescence*, DEPS, La Documentation française, 2010.

Christine Détrez et Olivier Vanhée, *Les Mangados : lire des mangas à l'adolescence*, Bibliothèque publique d'information, Centre Pompidou, 2012.

Femmes du Maghreb, une écriture à soi, La Dispute, 2012.

Sociologie de la culture, Armand Colin, 2014.

Quel genre ? Thierry Magnier Éditions, 2015.

Les femmes peuvent-elles être de Grands Hommes ?, Belin, 2016.

Christine Détrez et Karine Bastide, *Nos mères. Huguette, Christiane, et tant d'autres, une histoire de l'émancipation féminine*, La Découverte, 2020.

Romans

Rien sur ma mère, Éditions Chèvre-feuille étoilée, coll. « Les chants de Nidaba », 2009.

De deux choses l'une, Éditions Chèvre-feuille étoilée, coll. « Les chants de Nidaba », 2010.

La Nuit des éphémères, Éditions Chèvre-feuille étoilée, coll. « Les chants de Nidaba », 2015.

My Bloody Valentine, Denoël, 2018.

CHRISTINE DÉTREZ

Pour te ressembler

DENOËL

« Les morts font de ceux qui restent des fabricateurs de récits. [...] "Ceux qui restent" mènent ainsi de véritables enquêtes. [...] Et surtout, ils s'efforcent d'être à la hauteur de cette difficile épreuve que constitue celle de perdre quelqu'un – et d'apprendre à le retrouver. »

Vinciane Despret, *Au bonheur des morts*

« Je n'avais qu'un désir, c'est que cet horrible accident fût transformé en beauté. »

Isadora Duncan, *Ma vie*

OSER

1

Longtemps j'ai imaginé que ma mère ressemblait à Françoise Dorléac. La Françoise Dorléac des *Demoiselles*, mais aussi celle de *L'Homme de Rio*, la Françoise Dorléac vive et mutine, qui riait fort, la fofolle, la grande enfant, qui finit brûlée vive dans sa voiture, une Renault 10 de location, le 26 juin 1967. Elle avait vingt-cinq ans. Ce n'était pas du cinéma.

Si, pendant toute mon enfance, mon adolescence et jusqu'à peu, j'ai pu imaginer que ma mère ressemblait à Françoise Dorléac, c'est parce qu'il n'y avait aucune photo d'elle dans les albums, aucun portrait encadré comme j'ai pu en voir chez des amies ayant perdu jeunes un de leurs deux parents – cela arrive beaucoup plus souvent qu'on pourrait le penser. Aucune photo, aucune allusion dans les conversations, sauf cette mention, un jour, d'un accident de voiture, je ne sais même plus quand j'ai appris les détails, une voiture percutant un train en Tunisie, elle a été éjectée, le 28 décembre 1971, elle avait vingt-six ans.

Déjà je mêle mes souvenirs – du sable, du vide, du rien – avec ce que j'ai appris depuis. J'ai maintenant des dates, des photos, son sourire. Je sais qu'elle ne ressemblait pas du tout à Françoise Dorléac. Je lui trouve un air de Jackie Kennedy, cheveux courts, et ce regard si déterminé. Ou alors d'Elisabeth Moss, avec le menton un peu en galoche. Moi qui n'avais aucune idée de son visage, je peux désormais la reconnaître, sur ces photos de classe ou de groupe que j'ai reçues ces dernières années. Non, ce n'est pas elle en pull blanc dans la farandole organisée au 8 *bis*, nommé d'après le lieu où se tenaient les réunions des jeunesses étudiantes catholiques pour les normaliens et normaliennes de Douai. Ce menton, ce geste de replacer une mèche derrière l'oreille, en revanche, sur cette photo de classe de première, toutes en blouse blanche dans le parc de l'école normale des filles, je crois bien que c'est elle, attrapée de profil. Jamais je n'aurais pensé pouvoir un jour écrire cela : je peux désormais la reconnaître.

Grâce à un article de *Nice-Matin*, j'ai appris que la voiture que Françoise Dorléac conduisait le jour de l'accident était une R10, bordeaux, louée pour l'occasion à Sainte-Maxime. Je ne sais pas de quelle couleur était la voiture dans laquelle ma mère est morte. Petite, j'imaginais une voiture rouge, sur le modèle de celle de Starsky et Hutch. Je ne suis même pas sûre de la marque, une 4L, une R16, comme sur cette photo que j'ai récupérée, où elle pose au milieu des mimosas de la plage de la Chebba ? Dans ce cas, la voiture était, elle aussi, bordeaux. J'ai oublié de demander. Il y avait tant à demander. Et maintenant, mon père, lui aussi, est mort. Des personnes qui étaient dans la voiture ce jour-là, mon père, ma mère, mes grands-parents paternels, il ne reste plus que moi.

Et je suis celle qui ne se souvient pas. On ne se souvient pas, à deux ans et quatre mois.

Il aurait fallu demander, il aurait fallu s'y prendre plus tôt. Pour avoir le temps d'y revenir, de compléter, de chercher les détails, les précisions. C'est bien ce que m'a dit mon oncle, quand je l'ai enfin appelé : « Tu aurais dû demander avant, quand les gens qui l'avaient bien connue étaient encore vivants. Tu t'y prends bien tard. » Pourquoi maintenant, a-t-il sans doute pensé, lui qui, tout ce temps, a traîné le deuil d'une petite sœur adorée. Mon oncle qui, quand il m'a vue les premières fois, il y a seulement quelques années, partait pleurer en cachette, parce que je lui rappelais sa sœur, parce que je suis la fille de sa sœur, et qu'il avait peur que je lui ressemble, et qu'il était déçu que je ne lui ressemble pas plus. Parce que, m'a-t-il dit, j'ai les cheveux châtains avec des reflets auburn, comme elle. Parce que je suis plus vieille qu'elle ne l'a jamais été. Parce que mon fils aîné aura bientôt l'âge qu'elle avait quand elle est morte. Parce que je m'appelle Christine, et qu'elle s'appelait Christiane, et, dans cette enquête, nombreux sont celles et ceux qui se sont trompés, effarés ensuite d'avoir fait le lapsus : « Christiane, euh pardon, Christine, je suis désolé. »

Mon oncle a raison, c'est étrange, tout ce temps mis à oser poser les questions.

Pourquoi, effectivement, ne pose-t-on pas les questions avant ? C'est la même interrogation qui hante Daniel Mendelsohn quand il entreprend de retrouver la vérité sur l'oncle Shmiel, sa femme et leurs quatre filles, ses disparus. Il se remémore alors ses vieilles tantes qui, à New York, quand il était tout petit, pleuraient en le voyant. Ses vieilles tantes qui, elles aussi, auraient eu tant à raconter et à qui il n'a jamais posé de questions. Pourquoi, alors qu'on a vécu si longtemps comme si de rien n'était, sans même y penser, ou alors de loin en loin, pourquoi soudain cette urgence à chercher, à trouver, cette impatience, cette obsession ? Car il faut bien l'appeler obsession, cette quête qui, pendant quatre années, m'a fait parcourir des milliers de kilomètres, à la recherche de traces fragiles, de souvenirs diffus, de photos pliées, usées, abîmées. Faut-il attendre que les morts nous appellent ? Que les morts nous donnent l'autorisation ? Ou faut-il attendre tout simplement d'être assez grande, assez courageuse pour se lancer, quoi qu'en pensent et que ressentent les encore vivants ?

Pourquoi n'ai-je pas posé de questions ? Parce que, dans la vraie vie, j'avais une seconde maman, Danielle. Parce que, pour l'imaginaire, j'avais Françoise Dorléac, et qu'elle me suffisait. Non, elles étaient deux, pour être exacte. Non pas Françoise Dorléac et sa sœur, Catherine Deneuve, mais Françoise Dorléac et une autre actrice, américaine celle-ci, Natalie Wood. Toutes deux au destin fracassé, à la mort prématurée. Je n'avais pas de photo de celle qui avait été ma mère avant Danielle, mais je tapissais ma chambre de collégienne de photos des deux actrices, j'en remplissais des cahiers, mes albums photo de famille à moi, achetant tous les magazines télé dès qu'un de leurs films était programmé, tout mon argent de poche y passait, et aussi celui que je volais dans les porte-monnaie. À l'âge où mes copines découpaient dans *Ok! Podium* les posters de Kim Wilde ou des chanteurs du Top 50, je punaisais à mes murs les visages de deux actrices mortes, de deux actrices que personne dans ma classe ne connaissait. Françoise Dorléac et Natalie Wood occupaient mon imaginaire et je n'avais pas besoin de chercher ailleurs. J'apprenais par cœur les chansons des *Demoiselles de Rochefort* ou de *West Side Story* et me les chantais comme une berceuse. Parce que Robert Wagner avait épousé Natalie Wood, je passais mes dimanches après-midi devant *Pour l'amour du risque*, et j'en voulais un peu à Stefanie Powers d'occuper l'écran, j'aurais adoré que ce soit Natalie Wood qui ait le rôle.

Je pensais que tout allait bien.

*

L'imagination est-elle un muscle qu'il suffirait d'entraîner ? Maintenant que j'ai des photos d'elle, peut-être qu'à les regarder attentivement les traits de son visage s'inscriront à rebours dans ma mémoire. Peut-être qu'à force de la regarder elle reprendra vie, dans une boucle des synapses de mon cerveau. À défaut de me souvenir, arriverai-je, enfin, à l'imaginer ?

C'est une des deux photos que m'a envoyées mon oncle, en réponse à un message où je lui demandais s'il voulait que je continue à l'informer de mes trouvailles. Elle a environ douze ou treize ans. Son manteau noir est boutonné jusqu'au col, et ses cheveux sont entourés d'un foulard clair, imprimé de motifs que je ne parviens pas à distinguer. Le foulard est noué sous son menton. Les cheveux sont sagement coiffés, et des mèches lui barrent le front, de la raie sur le côté à l'oreille opposée. Elle a le visage rond, la bouche bien dessinée, le nez droit. Et surtout, un regard perçant, déterminé, qui fixe un point juste un peu au-dessus de mes yeux à moi qui la regarde. Elle ne sourit pas. « J'ai toujours gardé ces photos près de mon cœur », écrit mon oncle dans le message qui accompagne les deux photos. Et les pliures du papier sont les marques de son chagrin inextinguible.

Les pliures du papier lui font les rides qu'elle n'a jamais eues.

Les pliures du papier sont les griffes de l'oubli auxquelles je veux l'arracher.

2

Il y a quelques années, j'ai acheté sur Internet une jolie boîte à une dame qui sur son site vendait également des carnets et des bijoux. Des boucles d'oreilles en forme de roses, des séries de barrettes avec des fleurs, ou avec Audrey Hepburn, des broches un peu inquiétantes représentant des cœurs - le vrai, l'organe, avec veines et artères - ou des visages d'enfants aux airs assassins, et des boîtes en carton dont j'accroche les couvercles à mon mur, des biches à jambes humaines, des ailes de papillons, des mains comme des ex-voto, des Frida Kahlo en fleurs et douleurs, des Romy Schneider en Sissi - du temps des dentelles et des falbalas, du temps d'avant le malheur. Mais comme pour Françoise Dorléac qui chante, virevolte et rit en cascade, comme pour Natalie Wood qui se déguise en mariée et s'amuse avec ses copines - *I feel pretty, oh so pretty, I feel pretty and witty and bright! And I pity any girl who isn't me tonight, la la la la* -, nous, nous savons la fin de l'histoire, l'enfant empalé sur la grille du jardin et le suicide, la voiture en feu, la noyade, le mystère, accident ou assassinat?

Le train percutant la voiture.

À cette dame qui vend des boîtes, des barrettes et des broches, j'ai acheté une énième boîte, choisie cette fois non pas pour l'illustration, mais par curiosité, intriguée que j'étais par l'inscription sur le couvercle : « *Je vis très bien sans lui.* » Elle contenait un lot hétéroclite d'une cinquantaine de photos en noir et blanc, sans doute achetées en vrac à un vide-greniers, ou trouvées dans des albums abandonnés dans une déchetterie. Leur seul point commun : sur chacune d'entre elles, de format différent, aux bords parfois dentelés, une femme seule. Ce n'était jamais la même, l'une sur une bicyclette, une autre dans un pré, encore une dans la neige, skis à l'épaule, celle-là devant la mer, regard perdu, sérieuse dans une robe à fleurs, main posée sur le bastingage, cette autre en fourrure à une terrasse déserte, avec un chien, devant une perspective de jardin à la française. Fière et heureuse en haut d'une montagne (sur ces photos, on grimpe beaucoup de montagnes et on regarde beaucoup de mers), ou en combinaison short, et l'ombre du photographe fait des bas sombres sur ses jambes éclatantes de lumière, encore une, à moitié cachée par une traînée de lumière, est-ce le temps qui a abîmé la photo, l'âme envolée depuis longtemps, ou un problème de surexposition d'époque ? J'avais étalé les photos sur la table, j'allais de l'une à l'autre, m'obligeant à m'arrêter sur chacune de ces femmes, à observer les détails, les boucles d'une chevelure, l'intensité d'un regard, le dessin de leur sourire ; combien de temps, cinq secondes, une minute, avant de les remettre dans la boîte, de refermer le couvercle, et le tiroir sur la boîte ? Des anonymes, des orphelines, toute famille perdue pour échouer ainsi sur ma table, dans mon tiroir, dans cette boîte rectangulaire comme un cercueil, et c'est moi qu'elles regardaient désormais. Quelqu'un les avait connues, les avait aimées, pour ainsi les prendre en photo, et pourquoi ces photos aujourd'hui dispersées, ces photos bien loin des albums de leur famille ? Et les photos de ma mère, où étaient-elles ? Vendues au poids, achetées, brûlées, dévorées par un champignon, ou dans une autre de ces boîtes, quelque part sur le site de vente en ligne ? Alors que j'allais les remettre dans la boîte, l'une des photos, où une jeune fille frisée éclatait de rire, à califourchon sur la plus haute branche d'un arbre, m'a échappé des mains. Tandis que je la ramassais, je me suis aperçue que, sur le verso, des mots avaient été écrits, d'une belle encre d'un bleu à peine passé :

Amie, viens avec moi faire un peu de gym...
En chantant sur la grand-route...
Par-delà les mille soucis.

C'est signé « Nelly », la photo est datée du 8 octobre 1944.

J'ai retourné toutes les autres photos de la boîte et certaines, elles aussi, avaient un message écrit au dos. Je suis allée chercher l'album photo de mon enfance. Mon frère et moi avions eu chacun le nôtre, avec sa belle couverture en jean, et la feuille plastique rabattue sur les photos. Ça commençait bébé, des bains dans une baignoire de plastique, les premiers pas sur la terrasse de la maison de Sfax, des petites mines à travers la balustrade en tulipes de fer forgé, mon père si jeune, torse nu avec le chien, moi sur les genoux de ma grand-mère devant un sapin de Noël, une jeune femme tunisienne – Fatma, la nounou – pose à nos côtés, et puis un gâteau d'anniversaire avec trois bougies, le décor a changé, on est revenus en France, dans le Nord, je reconnais la salle à manger de mes grands-parents paternels où j'ai passé tant de dimanches, le mariage de mon père, je suis sur les genoux de ma grand-mère, la tête enrubannée d'une écharpe rayée, j'avais une rage de dents m'a-t-on dit ensuite, le jardin de la maison dans laquelle j'ai grandi, les photos où je pose en costume pour les fêtes d'école et les galas de danse – maladroite, gauche, la trouille au visage, mais obstinée –, les photos en chandail qui gratte, rouge pour moi, bleu pour mon frère, les lunettes et la coupe à la Mireille Mathieu, et puis de deux enfants on passe à trois, le petit frère tout blond, l'enfance dont je me souviens.

Avant le mariage de mon père avec Danielle, si belle dans son ensemble blanc, manteau court et grandes bottes, cheveux bruns aux épaules, il n'y a pas de femme sur les photos. Avant l'arrivée de Danielle toute bottée de blanc, il n'y a pas de mère dans l'album. Ou, plus précisément, une main qui soutient la tête du bébé sur les photos de bains. Une ballerine, dans le coin d'une autre photo, où je m'agrippe à une table. Encore une main, sur cette photo où je m'élance, une main qui guide mes premiers pas. Avant l'arrivée de Danielle, je n'ai pas de souvenirs. Ou n'a-t-on de son enfance que les souvenirs épinglés par les photos, nos albums comme ces cadres entomologistes de la vie qui passe ?

De cet album expurgé des photos de celle qui, avant Danielle, a été ma mère, j'ai soulevé les feuilles plastifiées, j'ai décollé les photos du papier adhésif, j'ai fait bien attention, les photos étaient collées depuis tellement d'années que je craignais de les déchirer. Je les ai retournées. Sur certaines, du temps d'avant Danielle, j'ai trouvé une autre écriture que celle de mon père. Une écriture que je ne connaissais pas. Derrière un cliché en noir et blanc, brunette à cheveux courts toute potelée : *Christine, 6 mois et demi*. Derrière cet autre, en couleur, où je mange un quignon de pain : *J'ai deux ans et j'aime beaucoup le pain*. Quelques lignes écrites d'une main appliquée, par une institutrice, par une maman, qui envoie des photos de ses enfants aux grands-parents restés en France, de l'autre côté de la Méditerranée. En cette fin des années 1960, nombreux sont les jeunes instituteurs fraîchement diplômés à partir en coopération. Le monde est grand, leur monde est vieux, et tout semble possible à ces jeunes du baby-boom. La guerre d'Algérie n'est pas loin et, pour beaucoup de ces jeunes hommes en âge de faire leur service militaire il est impensable de toucher une arme. Alors ils partent enseigner loin, en Afrique, au Maghreb, ils emmènent leurs jeunes épouses. Certains les ont rencontrées lors de leurs études, à l'université, à l'école normale, et ils obtiennent des postes doubles. Pour mes parents, ce fut la Tunisie. Tous ces jeunes adultes qui s'embarquent, qui s'envolent, sans rien savoir souvent du pays où ils ont été affectés, laissent derrière eux leurs propres parents. C'est loin, la Tunisie, quand on n'a jamais pris l'avion. C'est loin, pour ces parents habitués à vivre là où ont vécu leurs propres parents, et les parents de leurs parents avant eux. La terre, alors, était lourde aux semelles. À peine change-t-on de village, au gré des mariages. Le manque encore plus douloureux quand les petits-enfants naissent, si loin. Alors on envoie des photos.

Et au dos de ces photos, des légendes qui permettent de commencer à raconter mon histoire. Le tracé de l'écriture, qui dessinerait en creux la main, et le bras, et la personne entière. Le visage penché sur ces lignes qu'aujourd'hui je lis, je peux à présent l'imaginer, souriant d'avoir trouvé cette petite blague : *J'ai deux ans et j'aime beaucoup le pain.*

J'exagère quand je dis qu'avant de commencer cette enquête je n'avais vu aucune photo de ma mère. Dans le grenier de mes grands-parents paternels, où j'aimais tant aller fouiner les longs après-midi de dimanche qui s'étiraient au rythme de *Dimanche Martin* à la télévision, j'avais découvert une boîte. C'était un vrai grenier mansardé de grands-parents, comme dans les livres d'enfants, auquel on accédait depuis leur chambre par un escalier raide, dissimulé derrière une porte de bois peinte en blanc. L'escalier menait à une vaste pièce, un bric-à-brac de fleurs artificielles, de malles d'osier, de journaux empoussiérés, et, à gauche, un renfoncement rempli d'étagères. Sur ces étagères, une boîte. Pas spécialement cachée. Une boîte posée, je ne me souviens plus de ce qu'il y avait à côté, si cela correspondait à un principe de rangement. Je ne me souviens plus non plus de la boîte elle-même, si elle était fermée, si c'était une simple boîte de carton, style boîte à chaussures. Je ne me souviens plus comment je suis tombée dessus, si j'avais farfouillé, exploré et regardé tout le reste, je ne me souviens plus quel âge j'avais. Il me semble y être retournée plusieurs fois, à cette boîte. Car elle contenait des photos d'une jeune femme, dont j'avais bien compris qui elle était. Je les avais regardées trop vite pour mémoriser le visage, la silhouette, trop pressée, trop peur de me faire attraper. Ou alors ce n'était pas encore le bon moment pour me créer des souvenirs. Quand mes grands-parents sont morts, la maison a été vidée et la boîte a disparu. J'ai demandé à récupérer un miroir au pourtour de bois sombre sculpté, une grande photo de ma grand-mère enfant où elle pose, boudeuse, avec sa cousine, et sa coiffeuse de jeune fille, parce qu'elle m'avait montré le coin cassé du dessus de marbre où elle cachait, du temps des fiançailles, les lettres d'amour de mon grand-père.

Je n'ai pas réclamé la boîte. Je n'ai pas osé. Parce que cela aurait signifié que j'avais fouillé, que je l'avais vue. Cela aurait été avouer que je m'étais posé des questions sur cette mère effacée, alors que le silence était si épais. Alors que les murs de ma chambre avaient été tapissés des posters de Natalie Wood et de Françoise Dorléac. Alors que nous étions heureux, tous ensemble, avec Danielle. Une famille aimante, une famille heureuse, et il n'y a nulle ironie pour moi à l'écrire.

Quand, au cours de cette enquête, j'ai parlé de la boîte à mon père, il a affirmé ne pas en connaître l'existence. Il avait l'air sincère. Mais je sais qu'elle a existé, que je ne l'ai pas rêvée : mon frère m'a dit que lui aussi l'avait trouvée, que lui aussi allait la voir en cachette. De celle qui, avant Danielle, a été notre mère, mon frère et moi, avant que je me lance dans cette aventure, n'avions jamais parlé.

3

Pourquoi avoir laissé passer autant d'années sans poser de questions ? C'est compliqué de demander, quand le silence s'est installé si longtemps. C'est compliqué, quand on vit dans une famille où tout le monde s'aime, le père, la mère, les trois enfants, et où tout a toujours été fait pour que nulle différence n'existe dans cet amour. Au point que Thibault, le petit frère blond, n'apprendra que vers l'âge de dix ans que son grand frère et sa grande sœur n'ont pas toujours eu la même mère que lui. Et quand, encore bien plus tard, au détour d'une visite chez un notaire, Danielle s'apercevra qu'elle n'a jamais donné de forme légale à toutes ces années passées à élever les deux grands et qu'elle décidera de les adopter officiellement, eux déjà bien adultes, Thibault devra donner son accord et plaisantera d'avoir été si longtemps fils unique sans le savoir...

L'été dernier, il m'a raconté comment il avait appris « le secret ». Nous étions au bord de la rivière, nos enfants riaient dans l'eau, s'aspergeaient, les plus grands, les miens, s'occupant de leurs petits cousins. Chaque été nous ramenait sur cette rive, près de cette rivière où moi aussi, du temps de notre enfance, je m'étais occupée de lui. Mais nous étions devenus les adultes, venus là pour passer du temps avec notre mère, désormais veuve. Au cours d'une de ces discussions à bâtons rompus, où on ne s'engage pas dans des sujets sérieux car il fait trop chaud, et puis on sait que l'on sera interrompus par une dispute des enfants, leur faim soudaine et impérieuse ou, pour moi, enfin délivrée de tout cela, l'envie de lire, de dormir, ou tout simplement ma gêne à parler. Thibault savait quel travail je menais, sur le secret, sur cette inconnue qui avait été ma mère, avant que nous ayons la même. Je n'en parlais qu'avec réticence, comme si je craignais, justement, de souligner cette différence. C'est donc lui qui m'a demandé, en riant, s'il m'avait déjà raconté comment il avait appris « le secret ». « Non, vas-y, raconte-moi », lui ai-je demandé, soudain affranchie de la torpeur de ce milieu d'après-midi. Il m'a raconté que c'était Laurent qui le lui avait appris. « Il me disait toujours qu'on n'était pas vraiment frères, qu'on m'avait trouvé dans une poubelle, tu vois, les trucs d'enfant classiques. Et puis il m'a dit qu'il n'avait pas la même mère que moi, et je ne l'ai pas cru. Alors il m'a sorti des papiers qu'il avait pris au grenier. » Je n'étais jamais montée dans ce grenier, auquel on accédait par une trappe dans le plafond du couloir du haut, ce couloir qui menait de la chambre des parents à celle de Laurent, avec celle de Thibault à gauche et la mienne à droite, avant que tout soit réorganisé à mon départ et que ma chambre devienne une chambre d'amis. Il fallait prendre une échelle, un escabeau, il avait dû aller le chercher dans le garage du jardin, où étaient rangés les outils. J'étais abasourdie qu'il ne m'en ait jamais parlé. « C'était quoi, ces papiers, tu te souviens ? — Non, mais je me souviens qu'il y avait le nom, je ne sais plus exactement, mais il n'y avait pas de doute. Laurent m'a dit que je ne devais rien dire. Je devais avoir huit ans et Laurent, quinze. Je n'ai rien dit aux parents, je n'ai pas osé. J'ai attendu, attendu, attendu qu'ils se décident à me le dire. Et puis un jour, une émission sur le mariage, ou un truc du genre, est passée à la télé. Papa travaillait dans la salle à manger, sur le bureau de maman, elle regardait la télé avec moi dans le salon. J'ai pris mon air ingénu, et je lui ai demandé quand ils s'étaient mariés. Elle m'a dit la date, j'ai fait semblant de réfléchir, et j'ai demandé : "Mais alors, Christine et Laurent, ils étaient déjà nés ?" Maman s'est décomposée, elle a dit : "Je reviens", et elle est allée voir papa. Ils sont revenus tous les deux. "Thibault, on a quelque chose à te dire." Et moi : "Ah bon, que cela peut-il donc bien être ?" J'ai fait celui qui ne savait rien, bien sûr. »

Mais l'histoire n'était pas finie. Thibault a hésité, il a baissé les yeux et a poursuivi : « Quelques années plus tard, on était au début des années 1990, je devais avoir douze ans et toi, vingt, tu n'étais plus à la maison, tu étais avec Ian, et c'était la fête des Pères. J'ai dit à Laurent que cette journée devait être triste pour Ian, puisque son père était mort. Et là, Laurent m'a rétorqué que je ne pensais donc jamais à lui à la fête des Mères. J'ai traîné ça des années et des années, tu vois, je peux t'en parler sans pleurer maintenant, mais c'est très récent. La peine de ne pas assez compatir, la peine de ne pas avoir sa peine. Il y a quelques années, je me suis dit que ça suffisait, et j'ai appelé Laurent. "Ta peine est la tienne, je n'y peux rien." Laurent est tombé des nues, il ne se souvenait pas de cette scène. »

J'ai soudain eu les larmes aux yeux, je n'osais pas le prendre dans mes bras, ce petit frère blond qui s'était transformé en grand gaillard ceinture noire d'aïkido. J'étais sidérée par les révélations qu'il venait de me faire. Ces complots et conciliabules entre frères, que jamais je n'avais soupçonnés, sans cesse penchée sur un livre, sur mes devoirs, sur ces cahiers où je collais des photos, et puis avec mes copines, et vite, à Lille, dans ma vie d'étudiante. J'avais bien perçu parfois que, pour Laurent, l'arrivée de Thibault avait été peut-être moins facile que pour moi. Il était soudain propulsé à la difficile place de l'intermédiaire, qui plus est par un autre petit garçon. Mais jamais je n'avais imaginé cela, cette douleur, d'un côté et de l'autre. Je lui ai caressé le bras, en parlant trop fort, trop aigu, comme quand je suis très émue : « Mon petit frérot ! » Il a éclaté de rire et m'a serrée très fort. « Vous parliez de quoi ? » a demandé Timéo, son fils de cinq ans, grelottant et les lèvres bleues d'être resté des heures dans l'eau. « De rien, j'ai bien le droit de faire un bisou à ma grande sœur, non ? » « Et toi, tu ne fais pas un bisou à ta sœur ? » ai-je ajouté, alors que Thaïs sortait à son tour de l'eau et que je préparais une serviette pour l'essuyer. Et tandis que Timeo se débattait – « non, non, pas Thaïs » – et que reprenait le doux désordre des vacances, j'ai souri à Thibault, qui m'a fait un clin d'œil.

C'est compliqué, quand il y a de l'amour. C'est compliqué, quand tout de suite, et tout naturellement, on a appelé la belle dame bottée de blanc « maman », et que la poupée aux cheveux bleus qu'elle a offerte est la première poupée dont on se souvient. C'est compliqué, quand dans cette famille d'amour on ne veut pas peiner, on ne veut pas blesser, on ne veut pas rappeler de mauvais souvenirs, ou donner l'impression que quelqu'un n'est pas à sa place, ou alors rappeler que soi-même on n'est pas à sa place. Alors on devient la petite fille modèle, exemplaire, qui travaille d'arrache-pied à l'école. Celle dont les gens disent : « Comme vous avez de la chance de l'avoir ! Elle ne vous rapporte que des bonnes notes, elle est si gentille et si polie, et toujours souriante. » On se fond, on imite, et les gens disent à Danielle : « Oh, c'est fou ce qu'elle vous ressemble ! » et on en est heureuse, mais en même temps on leur arracherait bien volontiers la langue, à ces gens-là, parce qu'ils obligent à y repenser, et qu'on a peur qu'elle réponde : « Ce n'est pas ma fille. » On voudrait pleurer quand, à un repas de communion, on entend la grand-mère expliquer à des invités qu'on est « les enfants de Jean-Luc, le mari de Danielle » – cette phrase pour toujours associée au goût du maïs tiède qui venait d'être servi, qu'on essaie alors d'avaler grain par grain malgré le haut-le-cœur. Et même si, aujourd'hui, quarante ans plus tard et vu de la position d'adulte, il est évident qu'il n'y avait aucune malice à ce qui n'était qu'informatif, cette petite phrase reste fichée dans le cœur. Alors on en fait encore plus, toujours plus. Ainsi, dans les classes de primaire, tandis qu'on a son père comme instituteur, on joue tellement bien le dédoublement qu'on lève le doigt pour dire qu'à la maison on a la même encyclopédie *Tout l'Univers* que celle qu'il a apportée en classe, et on ne comprend pas son air stupéfait – quand on est en classe, on n'est plus sa fille, juste une élève qui veut se faire bien voir. De la même façon, sur les dossiers scolaires, à *Nom de la mère*, on écrit : « Détrez Danielle ». *Nom de jeune fille* : « Roselle ». *Profession* : « institutrice ». *Déclaration sur l'honneur*. Surtout, on ne pose pas de questions. Pire, on devient complice de l'effacement.

Et puis surtout, la plupart du temps, on n'y pense pas. Sauf quand il y a Françoise Dorléac qui fait la fofolle à la télé, sous son large chapeau jaune de demoiselle, ou dans sa voiture rose à étoiles vertes. Ou Natalie Wood qui pleure Tony. On n'y pense pas. On raconte bien le secret à quelques copines, histoire de « faire son intéressante », comme on dit, une maman morte, quand même, c'est respect, l'étoile dans le ciel et tout ça. Ça n'arrive pas à tout le monde, on est même la seule de la bande à qui c'est arrivé. Ça distingue, ça compense le fait que les garçons ne s'intéressent pas du tout à soi, ça donne un petit statut. On peut même feindre de regarder de haut les histoires de cœur, bien que son propre journal intime ne parle que de ça. On n'y pense pas. Sauf quand débarque la crise d'adolescence, et que c'est tellement facile alors de rétorquer à Danielle, pour un oui ou pour un non, une histoire de chambre mal rangée, de vaisselle à faire, une broutille : « Tu n'as rien à me dire, tu n'es pas ma mère. » De lancer cette phrase comme une pierre, comme un coup de poing.

Et de l'écrire, de m'en souvenir, aujourd'hui combien j'ai honte.

Longtemps j'ai imaginé que ma mère ressemblait à Françoise Dorléac. Longtemps j'ai cru que je ne saurais jamais rien d'elle, qu'il n'y avait rien à chercher, rien à trouver. La maison de mes grands-parents avait été vendue et la boîte, perdue, peut-être jetée, brûlée ou, à son tour, récupérée par un brocanteur, dispersée dans un vide-greniers, vendue par lots sur Internet. J'aurais pu tomber sur une photo d'elle dans la boîte *Je vis très bien sans lui*. Non, cela n'arrive que dans les romans. Les posters de Natalie Wood et de Françoise Dorléac avaient été décrochés des murs de ma chambre. J'en étais partie depuis longtemps, pour d'autres villes, et mes parents, à leur tour, avaient vendu notre maison. Je n'étais pas là pour le déménagement, je n'ai jamais su quels secrets étaient dissimulés au grenier, au-dessus de la trappe du couloir du haut. Les parents de Christiane – comment la désigner ici ? par son prénom ? ma mère ? celle qui avait été ma mère avant Danielle ? – étaient morts, son frère cadet aussi, ne restaient qu'un frère aîné et quelques cousines, que je ne connaissais pas. Tant qu'à bien faire les choses, mon père avait décidé également de couper avec toute cette branche familiale, rien de mieux qu'un coup de hache dans l'arbre généalogique pour élaguer notre histoire.

Et puis ce père, justement, à qui je n'osais pas poser de questions. Un père enchanteur, qui montait les comédies musicales de Robert Hossein aux fêtes de fin d'année de l'école, qui m'avait emmenée au cinéma voir *West Side Story* et, à la télévision, m'avait montré *Les Parapluies de Cherbourg*, *Les Demoiselles de Rochefort*, *Peau d'Âne*. Qui mettait Mike Oldfield, Jean-Michel Jarre et Vangelis tellement fort sur la chaîne du salon que le sol de ma chambre vibrait, qui nous apprenait les grandes lignes de partage du monde, les Rolling Stones plutôt que les Beatles, Eddy Mitchell plutôt que Johnny Hallyday, la gauche plutôt que la droite. Qui chantait et dansait les hits de sa jeunesse, *Be-Bop-A-Lula*, mais que, le soir, descendant à la cuisine pour boire un verre d'eau, je surprenais parfois en larmes sur une chaise, tandis que Danielle tentait de le réconforter. Des bribes de phrases – « Mais non, tu ne vas pas te foutre en l'air » – et le bruit du volet roulant de la porte d'entrée se relevant, et le lendemain matin, il était là, tout allait bien. Ou qui, soudain, en plein repas, se fermait, on voyait avec mes frères que ça bouillait, qu'il fallait se tenir coi, mais toujours arrivait le prétexte, une parole, pas de parole, un geste, un bruit, il explosait, se levait et allait jeter l'assiette et tout ce qu'elle contenait à la poubelle, sous les protestations de Danielle qui, quand même, tenait aux assiettes. Un papa dont il fallait se protéger. Un papa qu'il fallait protéger. Qui fumait dans la voiture fenêtres fermées, qui nous allongeait, mes frères et moi, sur les banquettes rabattues du break familial pour la transhumance estivale, et bien sûr, au bout de 50 kilomètres, déjà à l'arrière on se disputait, déjà on demandait quand on serait arrivés. « Si vous continuez, je vous laisse sur le bord de la route. » Un père classique des années 1980, pour une enfance normale des années 1980, où les insectes venaient s'écraser sur le pare-brise et où on mettait des filets à papillons dans le coffre, où à la télé passaient les shows de Maritie et Gilbert Carpentier avec Michel Berger, Serge Gainsbourg et France Gall, puis *Champs-Élysées* avec Michel Drucker, les films avec Louis de Funès, Michel Piccoli, Philippe Noiret, Romy Schneider. Un père qui avait fait une entorse à la sacro-sainte règle du coucher à 20 h 30 en semaine parce qu'il voulait que je voie *La Fureur de vivre* et *Le Vieux Fusil*. Un père qui avait le corps dégingandé de celui qui fumait beaucoup, et qui, peut-être, buvait aussi un peu en cachette. Le corps si maigre sous les draps, à la fin, émacié, recroquevillé, la main tordue par plusieurs AVC. Un père qui me paraissait tellement plus jeune que les pères de mes copines, et qui est mort avant eux, pratiquement sans cheveux blancs. C'étaient les premiers walkmans, les premiers ordinateurs, le progrès technique, la conquête de l'espace, le plastique roi et les *working girls* à épaulettes. On ne regardait pas en arrière. On n'allait pas s'encombrer de valises trop lourdes.

Mais quand même. Dans l'école de village où j'ai passé toute ma scolarité, avant tout le primaire dans la classe de mon père, j'étais en maternelle dans la classe de Danielle. Quand nous étions sages, elle nous passait les diapos et nous lisait les légendes d'un conte, *Gigi l'hirondelle*. Gigi parcourait le monde, rencontrait une grande libellule verte, des kangourous, les pyramides d'Égypte et même la reine d'Angleterre. Et l'hiver, elle rejoignait la demeure d'un vieil homme, en Tunisie. À la fin, on apprenait que c'était ce vieil homme chez qui elle nichait qui écrivait l'histoire. J'adorais ce conte, j'étais enchantée de ce passage, ce mot, la Tunisie, et sur la diapo, dans mon souvenir, un minaret, un dattier. C'était sur mon épaule que se perchait Gigi, dans mes cheveux qu'elle venait faire son nid.

Mais quand même. Le drame, un soir de Noël où mes parents m'avaient offert mon premier tourne-disque, et un livre-disque, pour l'essayer. *La Petite Christine*. Pour le titre, bien évidemment, mais sans avoir pris soin de lire l'histoire. Une adaptation du conte d'Andersen, *Ib et Christine*. La petite Christine grandit avec son ami Ib, mais, séduite par les promesses de vie facile, elle épouse le fils de l'aubergiste. Les années passent. Ib, devenu riche grâce à un trésor enfoui dans son champ, rencontre dans les taudis de la ville une petite fille qui ressemble étrangement à la Christine de son enfance. « Ma maman est malade, venez vite. » Mû par un terrible pressentiment, il la suit jusqu'à sa mansarde, pour trouver Christine, son amour de jeunesse qu'il n'a jamais oublié, abandonnée, agonisante, dont il recueille le dernier soupir. Et l'enfant, elle aussi, s'appelle Christine. Et moi, au milieu des papiers cadeaux, pleurant toutes les larmes de mon corps, « la maman est morte, la maman est morte ». Je me souviens encore des illustrations du livre, la calèche tirée par les chevaux, et Christine dans ses belles toilettes, et puis gisante sur son grabat, déjà pâle comme la mort.

Mais quand même. Françoise Dorléac et Natalie Wood. Et plus tard, les chansons de Barbara, *Oh ma très chérie, oh ma mère, / où êtes-vous donc aujourd'hui ? / Vous dormez au chaud de la terre, / Et moi je suis venue ici, Pour y retrouver votre rire, / Vos colères et votre jeunesse, / Et je reste seule avec ma détresse, / Hélas.*

Comme si mon père, par le cinéma, par les livres, par la musique, m'avait donné d'une main ce qu'il avait retiré de l'autre.

La vie qui file. Les études, le compagnon avec qui l'on choisit de rester. Les concours, comme une course d'obstacles, toujours un but vers lequel se tend toute l'énergie. L'appartement, le métier. Les années. Les enfants qui arrivent, qui grandissent, on se soucie davantage de faire les branches que de s'occuper des racines, on avance, on avance vers l'avenir, le futur, le passé c'est le passé. Les cassettes vidéo de Demy, les cassettes audio de Barbara dont on rembobinait la bande emmêlée grâce à un stylo s'empoussièrent dans les cartons de déménagement, partent à la poubelle, on n'a plus les appareils pour les visionner ou les écouter.

Et puis Barbara, ça n'est pas très populaire en soirée, c'est un peu plombant, autant passer au rock, à la pop, aux trucs modernes. Mais quand même, de temps en temps, cette pensée, comme une mouche qu'on écarte très vite, leur dire ou pas. Se taire, et l'effacer à jamais – il suffit sans doute d'une génération pour gommer l'existence de quelqu'un –, ou leur dire que quelque part dans leur code génétique se cache une autre grand-mère ? Que quelque part dans toute cette joie de famille normale se tapit un secret, qui attend son moment, qui attend son heure. Que toutes ces chansons et ces rires, dans cette famille où jamais on ne se dispute vraiment – même quand les assiettes finissent à la poubelle, ce n'est pas une dispute vu que personne ne répond –, masquent un terrible mensonge par omission. Mais la peur, toujours, de se pencher sur ce trou noir, cette gueule béante de silence, de s'y laisser engloutir, et que dans un vortex implacable y soit entraînée toute la famille, et y disparaisse l'enfance, réduite alors à poussières et illusions.

Certes, des failles, à plusieurs reprises, avaient fissuré le silence. Des mots, des détails, comme des pavés dans une mare bien plane, des mots qui laissaient leurs traces, longtemps après avoir été prononcés, on pouvait bien faire semblant de ne pas les avoir entendus, on pouvait se boucher les oreilles, ou parler d'autre chose comme si de rien n'était, justement, cela avait été. Qu'« elle » voulait partir. Et dans la façon qu'avait mon père de prononcer ce « elle », comme s'il ne voulait même plus de la familiarité d'un prénom, comme s'il ne voulait même plus ses syllabes dans sa voix – Christiane, non, juste « elle » –, je n'entendais que de la colère, sans savoir qu'une si grande colère n'était peut-être que la forme absolue du chagrin. Elle voulait partir, donc. Elle voulait le quitter, pour un autre, bien évidemment. Nous quitter, nous aussi, les deux enfants. « Et les enfants ? » aurait-il demandé, lors d'une scène, quelques jours avant l'accident. « Les enfants, tu peux les garder », lui aurait-elle répondu. Qu'elle était folle. Insatisfaite. Aigrie. « On a bien fait d'en parler », avait ainsi conclu mon père au terme d'un de ces semblants de discussion, qui m'avait montré l'étendue de sa rancune. « On a bien fait d'en parler », avait-il dit. Façon de clore le dossier et, sans doute, de ne plus avoir à en parler. Façon aussi de me léguer, à défaut de photos dans un album, à défaut de souvenirs, une partie de sa colère. « Les enfants, tu peux les garder. » Elle voulait le laisser, elle voulait nous laisser. Alors, pendant longtemps, à mon tour je lui en ai voulu, à mon tour je l'ai reniée. À mon tour j'ai pensé qu'elle n'avait eu que ce qu'elle méritait. « Les enfants, je te les laisse, tu peux les garder. » Elle ne croyait pas si bien dire.

Dans mon souvenir, avant que, pour ce livre, je revienne à nouveau avec mes questions, décidée cette fois à ne pas lâcher, à ne pas rebrousser chemin à la première rebuffade, mon père m'avait parlé à deux occasions. Je peux dater, retrouver la chronologie. La première fois, nous étions en 2007. Je partais en Tunisie pour un colloque. J'habitais Lyon, j'étais venue lui demander des détails. Danielle et lui vivaient encore dans la maison de mon enfance et de mon adolescence, la maison avec la trappe dans le plafond du couloir. J'avais dormi dans ma chambre, désormais transformée en chambre d'amis – il n'y avait plus de posters sur la tapisserie jaune à grandes fleurs. Je ne me souviens plus comment j'ai osé. C'était après le repas, la table était vide, juste la nappe sur le Bulgomme, ça permettait de se donner une contenance de suivre sous le tissu les creux des hexagones. « Je vais en Tunisie pour un colloque, à Sousse, je voudrais savoir où on habitait, où a eu lieu l'accident. » Il m'avait alors indiqué le lieu de l'accident, le passage à niveau près de l'amphithéâtre d'El Jem – « à une autre visite on t'y avait acheté un lapin », et sur une photo de l'album à couverture de jean, effectivement, je promène un lapin dans une poussette de poupée. « Quand on est rentrés en France, on ne pouvait pas emmener le lapin, je l'ai donné à Fatma, il a sans doute fini dans sa casserole », m'a-t-il également précisé. Après le colloque, les enfants et leur père m'avaient rejointe pour quelques jours de vacances. J'ai dans le corps le bruit de la voiture quand elle a roulé sur les rails, tant d'années plus tard, au passage à niveau sans barrières, sur la route de Sfax à Sousse, à hauteur d'El Jem. Nous étions tous dans la voiture, les enfants à l'arrière, et moi à la place de la morte.

Le lieu de l'accident, le passage à niveau près de l'amphithéâtre d'El Jem. Et puis ces quelques phrases, que je connaissais déjà, « elle voulait nous quitter, c'était une salope, elle me trompait ». « Et, a-t-il ajouté, je lui ai demandé : "Et les enfants ?" Elle a répondu : "Les enfants, tu peux les garder." »

Je pensais que la première fois où avait eu lieu cette révélation remontait à une quinzaine d'années plus tôt. J'avais alors vingt-deux ou vingt-trois ans. Mon grand-père paternel venait de mourir, j'étais rentrée à la maison, mon père avait bu sans doute, il pleurait, désespéré, petit enfant ayant perdu son papa, et alors étaient remontés les chagrins et les douleurs, et la trahison. Je pensais que c'était la première fois que j'en avais entendu parler. Jusqu'à ce que je retrouve mes journaux intimes. S'ils me sont parvenus après tant d'années, à moi qui jette, qui perds et qui oublie, c'est parce que ma mère les avait gardés, dans un sac en plastique, et me les avait donnés quand ils avaient quitté la grande maison familiale pour un appartement plus petit, situé en ville. Je les avais feuilletés par curiosité, amusée et vite lassée par les querelles et amourettes imaginaires de la fillette que j'ai été. Mais je suis tombée sur cette page du cahier de mes quatorze ans.

Le 10/07/1984

Quelque chose de terrible, renversant tout ce qui me paraissait important, qui a terni le ciel, décoloré le soleil : depuis le matin, il y avait une tension entre maman et moi et ça a dégénéré (injustement d'ailleurs). Papa m'a tapée plusieurs fois et, aveuglée par les larmes, la colère, je lui ai rendu une baffe ! Depuis, tout s'est écroulé, il m'a dit que je le dégoûtais, qu'il n'a plus rien à foutre de moi, que je dois lui fiche la paix et c'est tout. Je ne sais pas ce que je ressens, je suis anéantie. J'ai l'impression d'être en plein cauchemar mais je sais que je ne me réveillerai jamais. Au début j'étais en rage, maintenant je suis perdue. Des larmes viennent de temps en temps mais je ne sais que faire, que dire. D'un autre côté, s'il ne m'aime plus après ça, c'est qu'il ne m'a jamais aimée et tout ce qui n'était qu'habitude, que conventions s'est écroulé pour montrer la vérité. Oublie-t-il qu'il a donné également une baffe à Mamie quand il était jeune ?

J'ai pensé faire une fugue, partir. Mais je serais vite reprise et que ferais-je s [la phrase est ici interrompue]

Oh ! Ces deux lignes sont séparées par tant d'amour retrouvé ! Papa m'a rappelée et on a pleuré dans les bras l'un de l'autre. Dans son émotion, Papa m'a fait des révélations, au milieu des larmes, pour excuser Maman de ses colères. Mon autre Maman (si je peux encore l'appeler ainsi) était vraiment odieuse : elle lui a dit qu'elle s'en allait. Papa a alors demandé « et les enfants » (moi : 2 ans, Laurent 1) et elle lui a dit de se démerder, qu'elle s'en foutait. Puis, il m'a dit que Danielle (ma Maman du cœur) a plaqué son fiancé pour nous... Dire qu'avant, j'avais des scrupules à préférer cette Maman du cœur... devant tous ceux qui sont là, qui m'entendent, je renie cette femme que l'on voudrait m'attribuer comme mère légitime. Je la renie, au nom de tout le mal qu'elle a fait à Papa, qu'elle nous a fait à nous, et élis officiellement Maman du cœur comme Maman. [...] À propos de l'autre, il m'a dit aussi qu'il s'était marié pour ne pas rester seul et parce que tous ses copains se mariaient. Je préférerais ne pas exister et qu'il ne l'ait jamais vue, qu'elle ne l'ait jamais meurtri comme elle l'a fait alors que Maman a donné sa vie pour nous.

J'avais oublié. Toujours la page blanche, l'effacement. L'interdiction réitérée de se souvenir, d'imaginer. Choisir son camp, dans un jeu où l'une des parties n'a pas son mot à dire. Je n'ai pas imaginé. Je ne me suis pas inventé des souvenirs. C'était interdit. Il ne restait alors que l'éclat de rire de Françoise Dorléac, cette supplique dans le regard de Natalie Wood, un profil de montagnes où se découpe une silhouette de femme, près de la rivière où se sont écoulés tous mes étés, les envolées des chansons de Barbara, pour non pas l'imaginer, mais d'une certaine façon sentir sa présence. Et même quand je la détestais, même quand je la reniais, patiente, elle m'attendait, au cœur des musiques qui creusaient un vide en moi, dans le scintillement argenté de l'eau, le froufroutement doré des feuilles d'automne, la murmuration magique des oiseaux, les portées d'hirondelles sur les fils électriques les soirs d'été comme la partition d'une musique oubliée, les bruissements d'ailes et les arrêts de volets en forme de jeune femme chapeautée qui me faisaient rêver quand j'étais petite, la joie douce-amère des comédies musicales de Jacques Demy. La poésie.

Elle m'attendait, elle avait tout son temps, elle semait sur mon chemin des éclats d'émerveillement, des plumes comme des caresses pour attraper mes cauchemars, des élytres de scarabée mordoré, d'abeille bleu nuit ou des perles de rosée dans les toiles comme un éclat de ses bijoux, l'irisation métallique des libellules comme des barrettes à ses cheveux, la nacre délicate des coquillages comme du fard à ses paupières. Les feuilles rousses comme les reflets de sa chevelure. Elle était la semeuse soufflant les akènes des pissenlits, faisant pleuvoir sur mes pas les pétales de cerisiers et les feuilles rousses de l'automne. En guise de présents, des pierres en forme de cœur, même si aux cailloux elle préférait les morceaux de verre colorés dépolis par la mer, bleus, verts, les couleurs des robes que je sais désormais qu'elle portait, ces couleurs qui, avant même de voir les photos d'elle, étaient déjà mes préférées. Elle était cet ailleurs dans mon regard sur les photos. Elle était le petit pigment brun dans mon iris droit. Elle était l'étole d'engoulevent qui chantait au soleil et dansait dans l'étang de la chanson de Barbara, ces syllabes que je répétais sans les comprendre mais qui me faisaient rêver d'un autre monde, celui où les oiseaux ont rubis au col, celui de l'autre côté du miroir. Le velours, la moire, les bals et les roses de mai, mais aussi les regrets, les remords, l'églantine effeuillée et les doigts glacés, la fragile vers l'au-delà, si, mi, la, ré, sol, do, fa, l'écorchure dans la voix, la mélancolie, les larmes sous les paupières, les rendez-vous d'amour ratés. Le sourire triste, malgré tout.

Elle était les mille bruits du silence, l'odeur de la terre mouillée et du lilas au printemps. Elle était la pensée magique qui me faisait atteindre le trottoir avant que soit passée une voiture rouge, marcher uniquement sur les rayures blanches des passages piétons, ou commander les changements de couleur des feux de circulation par le simple décompte de secondes. Elle était la prière instinctive, « s'il te plaît, fais que ». En revanche, elle ne m'a jamais aidée à avoir le permis de conduire, je l'ai raté huit fois.

Elle m'apprenait à voir, et je sais aujourd'hui qu'elle souriait. Patiente. Pas rancunière pour deux sous.

Maintenant que le couvercle a sauté, maintenant que j'ai des photos, que j'ai des récits, et que je regarde en arrière, au-delà de ces quelques années d'enquête, ces quelques années passées à fouiller, à gratter, sur Internet, dans les archives, à rencontrer des gens qui l'ont connue, à les enregistrer, à poser des questions, malgré les gorges nouées et les larmes aux yeux, maintenant que je suis de l'autre côté du Styx, que j'ai franchi le fleuve de l'oubli, qu'à la force de mes bras j'ai remonté le courant de cette rivière qui scintillait au pied des montagnes au profil de femme allongée, ce n'est pas tant d'être restée si longtemps sur la rive qui m'interroge. C'est finalement d'avoir osé, c'est de m'être soudain levée, moi qui ne fais jamais de vagues, et d'avoir décidé que je voulais savoir, quelles qu'en fussent les conséquences.

Je ne sais pas ce que je cherchais. Il n'y avait pas d'énigme, elle était morte et de cela j'étais certaine. Il n'y a pas d'énigme, pas de roman, pas de suspens. Elle ne revient pas à la fin. Elle n'était qu'une jeune femme ordinaire, une petite vie minuscule, qui n'a fait que passer, encore plus brièvement que nous autres. Elle n'a fait que passer, mais a laissé des traces légères, un nom, quelques mots derrière une photo d'enfant, et peut-être, chez certains, des souvenirs fugaces – la couleur d'une robe, un geste, un regard, un sourire, une façon de marcher.

Et puis deux enfants, dont l'une, pour la chercher, se met à écrire.

Il n'y a presque rien à trouver, quasi rien à raconter, mais cette enquête est mon aventure, ma façon de lui tendre la main, et de la faire sortir de l'ombre.

*

C'est une diapo que m'a envoyée ma marraine, parmi quelques autres : Laurent et moi, enfants, avec notre grand-mère et notre arrière-grand-mère, cette Mémé Zanne qui, après la mort de son époux à la guerre, en avait épousé le frère, ça se faisait, paraît-il. Et puis deux diapos dont elle m'a dit avoir hésité à me les donner, car l'une d'elles représente la tombe, couverte de fleurs et de couronnes. J'ai numérisé l'autre pour mieux la voir. Même en jouant sur les couleurs et les contrastes, on a du mal à bien distinguer ses traits, car la photo est sombre, mal exposée. Nous sommes sur une balancelle, les coussins et la tenture sont bleu marine, ourlés d'un galon de franges blanches, comme les montants de métal. Je suis assise à sa droite, elle me regarde en souriant, vêtue d'une robe dont le jaune est la seule touche lumineuse de ce coin gauche de la photo. Sous la ceinture marron à lanières, très années 1970, ses grandes mains fines sont croisées sur sa jambe, tandis que les miennes sont bien à plat sur l'assise de la balancelle : j'ai de grandes socquettes rouges et un ensemble au col marin.

Si ma marraine possède ces diapos, c'est qu'elles ont été prises l'été, pendant les vacances en France. Et d'après l'âge que je semble avoir, il doit s'agir de l'été 1971, son dernier été. Elle s'enfonce dans l'ombre, tandis que je m'élance dans la lumière du rayon de soleil qui vient mourir en diagonale sur son genou. Je ne discerne pas bien l'expression de son visage. *Mater obscura*, comme ces trucages du XIXe siècle où la mère, drapée de noir pour ne pas être visible, tient l'enfant pour la photo.

Je m'élance, et il aura fallu toutes ces années pour qu'enfin sur elle je me retourne. Pour qu'enfin je puisse la regarder.

CHERCHER

4

J'avais beau être courageuse, j'avais beau avoir pris une décision, tout cela ne s'est pas fait tout seul. Était-ce vraiment une décision, d'ailleurs, que cette pensée soudain obsédante : « Il suffit d'essayer, qui ne tente rien n'a rien, n'as-tu pas déjà assez attendu ? Dépêche-toi, ou il sera vraiment trop tard... » ? Mais plus de quarante ans de silence sédimenté, c'est dur comme du béton, solide comme le plus beau marbre de pierre tombale. On n'en vient pas à bout d'un claquement de doigts ou d'une question, j'en avais déjà fait l'expérience lors de mes malheureuses tentatives avec mon père. J'avais beau avoir pris une décision, ce n'était pas possible, pas encore, de prendre le téléphone et tout simplement d'annoncer : « Papa, j'ai quelques questions à te poser. » Peur de faire de la peine, d'en rajouter alors qu'il était si diminué par les AVC, ou loi du père tellement intériorisée, ce n'est sans doute pas un hasard s'il m'avait balancé la trahison de ma mère le jour où je l'avais contré, le jour où je lui avais retourné sa gifle. Puisque à la loi posée à nouveau je désobéissais, fille irrécupérable, ce ne pouvait être que le cœur battant, et sur la pointe des pieds. Faire des détours, faire comme si de rien n'était, comme quand on trompe le mauvais œil, comme en danse, le pas de basque, partir de l'autre pied, dans un joli rond de jambe qui s'éternise pour enfin venir droit au but, dans la direction inverse.

Alors, en 2017, j'ai commencé par l'état civil, tout simplement. Une façon d'avancer à couvert, en catimini, sans rien dire à personne. Car il fallait bien – enfin – avoir des dates, moi qui n'étais jamais allée sur sa tombe. Partir du commencement, puisque je ne connaissais que deux points dans sa biographie : ma naissance et celle de mon frère. 25 août 1969, à Denain ; 14 octobre 1970, à Sfax. Deux prises pour l'escalade. C'était parti.

Grâce à Internet, il n'est même plus besoin de se déplacer en mairie. J'ai coché sur le site « demande de copie intégrale d'acte de naissance ». Je pensais que ce serait simple : s'il y avait une chose dont j'étais certaine, c'était cette date, ce lieu. Quelle ne fut donc ma surprise de recevoir un message m'indiquant que non, cet acte ne se trouvait pas en leur possession, et qu'on m'invitait à entrer en contact avec la mairie de mon lieu de naissance. Je ne comprenais pas. Où était l'erreur, où était le mensonge ? Est-ce que ça allait s'arrêter là, d'emblée ?

Le mystère s'est vite dissipé, car j'ai insisté, et dans cette petite ville du Nord où quand même j'étais bien certaine d'être née, on a fini par me retrouver. Denain, devenue un des endroits les plus pauvres de France, où j'étais allée en car avec ma copine Frédérique pour acheter des cadeaux pour la fête des Mères, nous étions allées à Minifix, j'avais acheté des coupes à glace pour ma maman Danielle, c'était l'expédition, c'était la ville, pour nous qui habitions un tout petit village. Minifix a depuis fermé, comme la plupart des magasins, dans les enfilades de rues aux fenêtres murées. L'acte envoyé par la mairie de Denain indiquait que ma mère, Christiane, née Crotte, était née à Halluin, dans le Nord également. J'ai écrit à la mairie d'Halluin, pour obtenir cette fois son acte de naissance à elle. J'ai coché la case « fille » et j'ai reçu un accusé de réception, puis, à nouveau, quelques jours plus tard, ce message :

> Madame,
> Je ne peux satisfaire votre demande, vous ne figurez pas sur nos registres.
> Cordialement.

Ça en devenait presque comique. Comme dans les contes, des ronces à écarter sur le chemin. Il a fallu quelques échanges de mails, où je confirmais que oui, j'en étais sûre, ma mère était née à Halluin – et quelle nouveauté, quelle fierté, quelle émotion, déjà, que d'avoir une certitude la concernant –, pour enfin recevoir la réponse :

> Madame,
> Je tenais à présenter mes excuses concernant mes recherches mais en effet nous sommes en pleine prise de données pour un nouveau logiciel, de ce fait le registre correspondant à votre maman figurait dans ce que nous n'avions pas.
> Cependant, veuillez trouver ci-joint en objet l'acte demandé.
> Cordialement.

Comment se souvenir du temps où on ne savait rien? Sur cet acte, les dates de naissance, de mariage, de mort, irrémédiables et irrévocables, 2 juillet 1945, 28 juillet 1966, 28 décembre 1971, ou plutôt, pour être exacte : « née rue des Frères-Martel à Halluin le deux juillet mil neuf cent quarante-cinq à vingt et une heures trente minutes, mariée à La Madeleine (Nord) le vingt-huit juillet mil neuf cent soixante-six avec Jean-Luc Robert Jules Détrez, décédée à La Hencha (Tunisie) le vingt-huit décembre mil neuf cent soixante et onze ».

Les lettres de La Hencha sont en majuscules, écrites d'un trait bien plus épais, avec même un petit effet sur la barre du *N*. Il faut imaginer sans doute cet officier d'état civil, à la signature illisible, qui, dans la mairie d'Halluin, ajoute la mention du décès, le 7 janvier 1972, et qui s'applique, peut-être a-t-il fait répéter ou vérifier l'orthographe. « La Hencha, c'est où, ça ? » Peut-être même s'est-il trompé, a-t-il d'abord compris « Anchin ». Anchin, il connaissait, Anchin, c'est dans le Nord.

À Halluin, cette cité frontalière de la Belgique, cette ville-usine dévolue au tissage du lin, sa mère, ma grand-mère, Simonne Yvonne Jombart, était ménagère ; son père, Fernand Henri Crotte, était gardien de la paix. En bas à droite du document reçu, un autre tampon : Ville d'Halluin, état civil, photocopie conforme à l'acte original, à la date du 10 avril 2017, et une autre signature illisible.

Un nouveau tampon, comme une marque officielle du début de l'enquête.

Ma marque, enfin, dans son histoire.

Ce n'était donc pas si compliqué d'avoir des preuves de son existence. Parce que m'adresser aux archives m'épargnait de parler aux vivants, parce que les cotes et les numéros de dossiers, ça donne l'illusion de maîtriser l'émotion, j'ai continué à chercher les traces que les diverses administrations avaient gardées d'elle. J'y ai même pris goût, aux archives. Cela me conférait un alibi en or : dans mon métier de chercheuse en sciences sociales, quoi de plus légitime que les archives? Aux parents, aux collègues, ce mot permettait de clore les discussions. « Je vais aux archives, je mène une recherche sur les institutrices. » « Je vais aux archives, je cherche des documents sur la coopération. » Moi aussi, je prenais cet air inspiré des historiens, « je vais aux archives », et surgissaient des images de bureau encaustiqué, de classeurs pleins de fiches cartonnées, d'abat-jour en opaline verte, de parquets miel craquant sous les semelles, et l'archiviste qui lève un œil réprobateur.

Les archives, comme un rendez-vous secret avec ma mystérieuse. Elle qui n'a pas de taille, pas de poids – elle était grande, à ce qu'on m'a dit –, s'est transformée en séries de cotes, comme dans ces films de science-fiction où s'alignent les codes et où les colonnes de chiffres finissent par dessiner une silhouette, charpente virtuelle s'habillant de chair et de peau. Des chiffres et quelques lettres, signes noirs sur la feuille en formules magiques – sésame ouvre-toi. Des chiffres et des lettres, comme des griffures dans le temps qu'on gratte. Le doc 100417-10042017143322 de la mairie d'Halluin. Aux archives départementales du Nord, les cotes 1895W92, 1919W329, 1913W361, 1077W11. À l'Inspé de Villeneuve-d'Ascq, cotes Do 4065 à 4199 et cote Do 2688. Aux archives diplomatiques de La Courneuve, 2162INVA, carton 320. À Nantes, SFAX-634PO3-49. Des chiffres et des lettres en incantations, comme des formules magiques pour la ramener à la vie, elle, la belle endormie, la belle oubliée. Formules magiques pour contrer le mauvais sort, annuler la malédiction et enfin croiser son regard.

Car très vite, il m'en a fallu davantage. L'acte de naissance qui m'avait procuré tant de joie quand je l'avais reçu ne me posait finalement que deux bornes, mais entre celles-ci s'ouvrait, béant, l'intervalle d'une vie à reconstituer. Tout au long de mon enquête, ce serait ce même sentiment, une insatisfaction permanente. En savoir plus, en avoir davantage. Peut-être parce que le but ultime, la faire revenir, était justement ce qui était impossible. Lors d'une des « conversations » avec mon père, j'avais glané que Christiane, comme lui, comme Danielle, avait été institutrice. J'avais demandé, la respiration coupée, ce qu'ils faisaient là-bas, à Sfax, et avant qu'il ne s'emporte, la colère intacte tant d'années après, il m'avait donné ce détail, j'avais fermé les yeux, baissé les épaules, m'étais enfuie, mais j'avais au creux de l'oreille ce mot, « institutrice », elle était institutrice. Comme un bout de verre dépoli par la mer, un trésor dérisoire. Institutrice... Il devait bien y avoir des dossiers de carrière, des rapports gardés quelque part. J'ai alors écrit aux archives départementales du Nord. Sait-on jamais. Rien à perdre. J'ai reçu une réponse de l'archiviste, prénommée Ophélie : « Je vais chercher votre maman. » *Votre maman*, l'expression était bizarre sous mes yeux, incongrue, mais ça y était, elle se mettait à exister. Là non plus, ça n'a pas été simple, et Ophélie n'a pas trouvé du premier coup, comme s'il fallait – justement – que ce ne soit pas si simple, comme s'il fallait le mériter. « J'ai trouvé ! » m'a-t-elle enfin écrit, après s'être souvenue que, pour les femmes mariées, les dossiers étaient souvent classés… au nom d'épouse. J'ai obtenu une dérogation, car, le dernier document datant de 1971, il aurait fallu attendre encore quelques années pour que les cinquante ans le protégeant soient révolus. On n'en était pas loin, mais pour moi qui avais attendu si longtemps avant de me mettre en quête, il n'était plus question de reporter. « Je suis désolée, il n'y a pas de photo sur le dossier », s'est excusée Ophélie, qui après Himène à Denain, Dany à Halluin et avant Alexis, Coraline, Adrien aux archives de Villeneuve-d'Ascq, Sylvie à celles de Nantes et Emmanuelle à La Courneuve, elle aussi est entrée dans cette histoire, a appelé ma mère « votre maman », comme si je redevenais la petite fille à qui on ne peut parler qu'avec précaution, qu'avec émotion, de celle qui est partie. Comme s'il leur fallait douceur et caresses, à elles et eux que je ne connaissais pas, mais qui, document après document, écartaient les voiles, tentures durcies du temps passé. Ophélie, que le correcteur automatique de l'ordinateur, quand j'ai voulu taper son prénom, a écrit « orpheline », et qui s'est obstinée, elle aussi, à chercher, dans les fonds où étaient enfouies les quelques traces possibles, tirant des fils pour que j'en fasse ma dentelle. Qu'est-ce donc d'autre, la dentelle, que des jeux avec le vide, avec le silence, avec les trous ? Dans cette tradition textile du Nord, les métiers à tisser, les métiers à dentelle, moi aussi, je me suis mise au rouet, et j'ai commencé ma filature.

Il n'y avait pas de photo dans le dossier, mais beaucoup d'autres renseignements. Le premier fichier contenait le relevé des notes du brevet, session 1960. Elle était là, numéro 6581, Crotte Christiane Henriette, née le 2.7.45 à Halluin, juste au-dessus du 6582, Cudowicz Rose Roseline, née le 8.12.45 à Lille, et du 6583, Czeszynski Nelly Thérèse, née le 31.5.46 à Oignies. Les notes, en enfilade, et la lettre B, sans doute pour la mention Bien. Elle est la seule sur la page à l'obtenir, la numéro 6589, Dambrine Annie Georgette Marcelle, décrochant un AB.

Ce n'était qu'un relevé de notes, et son nom – ce nom si ridicule, Crotte – figurait parmi ceux de filles qu'elle ne connaissait sans doute même pas. Mais pour moi qui n'avais pas de photos, c'était la première image de son enfance. Pour moi qui, dans mes malheureuses tentatives, n'avais récolté que des paroles de colère et de ressentiment à son égard, c'étaient des éléments neutres, objectifs, qui ne me demandaient pas de prendre parti. C'était l'image d'une jeune fille, de l'âge de ma propre fille, passant le brevet, penchée sur ses livres et ses cahiers. Bien avant la colère et les larmes. J'essayais de ne pas aller trop vite, de bien lire chaque détail avant de passer à la pièce suivante, m'attardant sur chaque mot, comme s'il avait pu me livrer un sens caché, une information capitale. Par exemple, la façon dont elle s'habillait, à l'orée de ces mythiques années 1960. 1958, c'est *Mon manège à moi*, d'Édith Piaf, et 1961, *Je m'voyais déjà*, de Charles Aznavour. Mais 1960, c'est surtout *Souvenirs, souvenirs*, de Johnny Hallyday. Est-ce que, quand on a eu 18 en dictée et 19 ½ en sciences, on s'occupe de la mode, des chansons, est-ce que Raymond, son grand frère, avait une radio, un Teppaz, des disques ? Est-ce que Simonne, sa mère, chantait du Piaf, est-ce que Christiane rêvait d'amour, ou s'imaginait en haut de l'affiche ? Ou est-ce qu'elle travaillait dur, parce que déjà elle voulait partir, s'arracher à ce milieu, les ménages de la mère, les mains gercées, les cris et les coups, les reproches de Simonne à Fernand - pas assez d'argent, pas la vie qu'elle voulait -, les courettes humides, les briques sombres ?

J'essayais de ne pas aller trop vite, comme si j'allais pouvoir voir au-delà de ces colonnes de chiffres. Comme si également je m'efforçais de n'avancer qu'avec précaution, pour me donner l'illusion que je pouvais arrêter, faire demi-tour, que je pourrais, une fois tous les fichiers lus, les refermer et penser à autre chose. Les refermer en étant satisfaite. *On a bien fait d'en parler.*

Alors que je savais déjà qu'à peine ces feuillets parcourus il m'en faudrait davantage.

Je n'avais pas tort de voir derrière cette mention Bien la clé d'un passage secret. Pour Christiane, comme pour beaucoup d'enfants de sa génération et de son milieu social, l'école aurait dû s'arrêter à quatorze ans. Ce fut le cas pour ses frères, et pour la plupart de ses copines du cours complémentaire. Mais la chance de Christiane - et la mienne par la même occasion, qui sinon ne serais pas née - a été d'être bonne élève. Je ne sais pas si elle a été encouragée par ses parents ou si la maîtresse a dû intercéder en sa faveur. Toujours est-il que dans le dossier des archives figurait un dossier d'inscription : Christiane a tenté le concours de l'école normale, et elle l'a eu. Être normalienne, c'est pouvoir échapper à l'usine, aux champs, au travail à quatorze ans.

Quatorze ans, l'âge d'Anouk, ma fille cadette. Quatorze ans, aujourd'hui, c'est l'âge des rires entre copines et des conversations interminables sur Snap, des premières sorties shopping à la ville, des crush à répétition, des stories sur Insta, des vidéos sur TikTok et des ongles multicolores. À quatorze ans, alors, pour ces adolescentes d'un temps où l'adolescence n'existait pas, on était en âge de rapporter une paie à la maison.

Si certaines peuvent partir à l'école normale, c'est que, pendant quatre ans, elles sont prises en charge, nourries, blanchies, logées. Et si elles travaillent, elles sortiront bachelières, et institutrices. À l'époque, c'est quelque chose, au point que la liste des heureuses lauréates au concours, ainsi que celle des garçons pour l'école normale des garçons, est publiée dans *La Voix du Nord*, remplissant les parents de fierté. Est-ce que, dans l'appartement du premier étage de la rue Jeanne-Maillotte, où habitaient Christiane et sa famille, on a bu et trempé des boudoirs dans du mousseux pour fêter les résultats ? Est-ce que sa mère, dont on me dira au cours de l'enquête qu'elle était extrêmement dure, sans tendresse aucune pour ses enfants, est-ce que Simonne – avec deux *n*, elle y tenait, paraît-il – a embrassé sa fille ce jour-là, heureuse de la voir échapper au destin des femmes de ce milieu, elle qui faisait des ménages, elle dont le père, livreur de charbon, rentrait ivre, au point que l'on raconte que c'était le cheval qui ramenait la carriole ? Ou au contraire a-t-elle éprouvé un drôle de sentiment, la fierté envers cette fille – une fille normalienne, c'est un peu comme les deux *n* du prénom, ce n'est pas donné à tout le monde – et un peu de jalousie mêlées ? Elle aurait une belle vie. Elle partait de ce trou, de cet appartement au premier étage du bâtiment de la rue Jeanne-Maillotte, dans ce quartier populaire, et sans doute rencontrerait-elle là-bas un futur instituteur. Deux salaires, ça change une vie. Est-ce que Simonne a trinqué avec sa fille, ou s'est-elle sentie soudain vieille, sa fille attirant les compliments, sa fille qui travaillait si bien à l'école. Sa fille qui à la rentrée suivante ne serait plus là. Je ne sais pas non plus si Simonne obligeait Christiane à l'aider dans la tenue de la maison – « toujours dans tes bouquins, tu ferais mieux de m'aider, je ne suis pas une boniche, c'est bien suffisant de nettoyer la saleté des autres » – ou si elle la laissait tranquille – « concentre-toi, travaille, sors-toi de là ». De tout cela, il n'était rien écrit dans les archives.

C'est donc par les documents des archives départementales que j'ai découvert que ma mère avait fait l'école normale des filles de Douai. Elle sera la seule de sa fratrie à avoir le bac et, comme s'en souviendra Raymond, « des trois, Georges, c'était le débrouillard, moi, j'étais le bricoleur, et ta mère, l'intello ». Raymond ne pouvait pas me renseigner sur le jour des résultats, le mousseux ou pas : il ne se souvient pas, il n'était plus là, déjà parti, embarqué sur le *Foch*. Je n'ai pas insisté auprès de lui pour avoir des détails. « C'est très loin, c'est trop tard, m'a-t-il dit. Je ne veux plus y penser, ce ne sont que de mauvais souvenirs. » De même que pour mon père la colère était restée, enkystée, intacte, pour lui, c'est le chagrin, la douleur, aux arêtes toujours aussi vives.

Et moi, faisant feu de tout bois, de penser alors que ma mère devait être une personne bien extraordinaire pour susciter, si longtemps après, des émotions toujours aussi vivaces et violentes.

*

Sur une des deux photos que Raymond m'a données, ces deux photos qu'il conserve toujours près de son cœur, lui, le dernier survivant de cette famille, Simonne et Fernand, les parents, Christiane et ses deux frères, Raymond et Georges, posent dans la mer, à Berck. C'est l'été 1961, Christiane a donc eu son concours. L'eau leur arrive au niveau des genoux, Christiane et Simonne sont vêtues de maillots de bain fleuris, Simonne porte un maillot une pièce et Christiane un deux-pièces, un balconnet et une jupette. J'ai d'abord cru que les fleurs étaient jaunes, mais non, sur ces clichés en noir et blanc, c'est le temps qui a coloré certains pétales. Simonne et Christiane ont la même pose, la jambe gauche un peu pliée, comme si elles étaient prises en mouvement, un tout petit peu déhanchées. Comme les autres à côté sont bien campés sur leurs jambes, on devine que c'est là un artifice du photographe. Simonne sourit, elle est belle, de cette beauté des actrices des années 1950, les cheveux crantés, Marylin Monroe brune. Christiane sourit également, plus timidement, visage un peu baissé, les yeux plissés, comme éblouie par le soleil. Elle a un carré court, la raie sur le côté, je ne sais pas si ses mèches rebiquent en raison de l'eau de mer, du vent, ou du fer à friser. Elle est un peu plus grande que sa mère à son côté. Elle lui donne la main. C'est elle qui occupe le milieu de la photo. On n'allait pas souvent à la mer à l'époque, même quand on n'habitait pas loin. Ont-elles acheté leurs maillots pour l'occasion, peut-être une folie ? « Allez, je vous emmène à la mer, a dit Fernand, on va fêter la réussite de Christiane. » Ont-ils mangé dans un restaurant de bord de plage, la réussite au concours, et puis l'anniversaire, elle qui était née un 2 juillet ? Ou alors, car il ne faut pas exagérer, Simonne leur avait-elle préparé des sandwichs, des bouteilles d'eau, de bière, de vin ? Je n'ose pas demander à mon oncle. Elle a seize ans, elle est plantureuse – et soudain je suis fière de l'être moi aussi, moi qui ai passé ma vie à tenter de raboter ce ventre et d'affiner cette taille –, elle est belle, ils sourient. On jurerait qu'on a là une famille heureuse, une famille qui s'aime. Cette jeune fille qui sera ma mère, cette jeune fille qui a été ma mère, vient d'avoir son concours. Elle a toute la vie devant elle. En réalité, il lui reste dix ans à vivre.

Je me penche sur cette photo comme sur un miroir. Je me penche sur cette photo, et c'est moi qui lui renvoie le visage de celle qu'elle aurait été si elle avait vieilli.

5

À bien y réfléchir, il y avait pourtant eu des mains tendues, et les occasions ratées soudain me revenaient à la mémoire. Bien avant que je me mette en quête, ma cousine Catherine, la fille de Raymond, avait fait la démarche de me retrouver. Il était encore trop tôt pour moi et, à l'époque, je n'avais pas donné suite, emportée comme un boulet par ma vie qui allait si vite – deux enfants, un troisième, un poste à la fac, des livres à écrire. Nous nous étions vues néanmoins, et elle m'avait dit avoir longtemps gardé les livres que lui avait offerts sa tante – « ma tante, ta mère », et ce mot à l'époque m'avait déplu, j'avais déjà une mère, et c'était Danielle. « C'était l'intellectuelle de la famille », avait ajouté Catherine, comme si ma réussite scolaire venait, à rebours, cautionner cette caractéristique, ancrer dans mes cellules un héritage génétique visiblement problématique. Elle m'avait rapporté une anecdote, racontée par son père : à un repas de famille, alors qu'elle était adolescente, Christiane aurait posé son bol sur la tête d'un convive qui la chahutait quelque peu. Une anecdote dont je ne savais que faire, mais qui était censée me démontrer son caractère à part.

« On m'a toujours raconté qu'elle était à part. » Catherine, toute sa jeunesse, a souffert de sa forte ressemblance avec Christiane : la grand-mère, Simonne, se trompait de prénom, et elle pleurait quand sa petite-fille entrait dans la pièce. « Tu imagines ce que ça fait, de voir ta grand-mère pleurer en te regardant ? »

Non, je n'imaginais pas et, alors, je ne voulais pas savoir.

Je n'avais pas donné suite, et à présent j'étais à l'affût du moindre indice, de la plus petite indication. J'ai continué à feuilleter le dossier numérique qui contenait les pièces de sa courte carrière. Une chemise rose sombre, de ces teintes passées que prennent les papiers cartonnés quand ils se fanent. En travers, soulignée d'un trait rouge, la mention « décédée le 28/12/1971 ». Affaire classée. À l'intérieur, une autre pochette, verte cette fois, où un inspecteur au nom illisible rend ses conclusions du « tableau d'enquête », nécessaire pour passer le concours des écoles normales. Christiane a seize ans. À l'item *Aptitudes intellectuelles*, il indique : « bonnes ». *Intelligence* : « vive ». *Travail* : « bon, parfois très bon ». *Élocution (attention au bégaiement)* : « bonne ». *Études dans lesquelles le candidat réussit le mieux* : « mathématiques ». *Le moins bien* : « anglais ». *Aptitudes morales* : « bonnes ». *Conduite* : « élève étourdie, caractère jeune mais peut s'améliorer ». Et enfin, dans *Caractère*, cette mention qui m'enchante : « primesautier, sensible ». Suivent des renseignements sur la famille, un père de trente-neuf ans, une mère de trente-six ans, un frère mort en 1944 des complications de la coqueluche, et deux autres frères, dix-neuf et quinze ans au moment de l'enquête. *Honorabilité de la famille* : « bonne ». Et le dossier se conclut sur l'appréciation générale : « Élève intelligente et sensible dont les résultats s'amélioreront quand elle aura acquis un peu plus de maturité. » Avis favorable.

Longtemps j'ai imaginé que ma mère ressemblait à Françoise Dorléac. Ma cousine Catherine ne ressemble pas à Françoise Dorléac. Le syllogisme est aisé : Catherine ne ressemble pas à Françoise Dorléac, Catherine ressemble à ma mère, donc ma mère ne ressemblait pas à Françoise Dorléac. Mais manger sa soupe sur la tête d'un individu qui vous charrie, être « à part », ça, c'est du Françoise Dorléac. Et quel autre adjectif que « primesautière », ce si bel adjectif offert par un inspecteur d'académie dont je ne parviens pas à déchiffrer le nom, cet adjectif qui doit se trouver quelque part dans une chanson de Barbara également, quel autre adjectif pourrait mieux caractériser la Solange des *Demoiselles*, ou l'Agnès de *L'Homme de Rio* ?

La pochette rose contenait d'autres documents scannés. Retenues par un trombone, dont on devine l'empreinte sur le papier, quelques feuilles volantes, sans doute nécessaires pour l'inscription au concours, puisqu'elles datent toutes de janvier 1961 : des papiers administratifs - une demande d'inscription à l'internat, un extrait d'acte de naissance, un certificat de nationalité - et deux textes manuscrits, d'une même écriture qui doit être la sienne, tant elle est appliquée, enfantine : l'engagement décennal, en deux exemplaires, l'un signé par elle, l'autre par Fernand, l'autorisant à contracter cet engagement.

Je soussignée Crotte Christiane, née le 2 juillet 1945 à Halluin, candidate au concours de recrutement en première année d'école normale pour le département du Nord, déclare contracter conformément à l'article deux du décret du trente et un décembre mil neuf cent quarante et un l'engagement de servir pendant dix ans dans l'enseignement public à compter du jour où un poste d'institutrice me sera confié.

Je m'engage à rembourser les frais de pension dont j'aurai joui si je quitte volontairement l'école, si j'en suis exclue ou si je romps le présent engagement avant sa réalisation.

Fait à La Madeleine, le 12 janvier 1961,
Crotte Christiane

Son père écrivait-il trop mal pour recopier lui-même ce texte ? Était-il indifférent à sa réussite, et l'a-t-il laissée remplir ce dossier, réunir les pièces elle-même, et elle, obstinée, « tiens, papa, tu peux signer », sachant que ce concours, que l'école normale, que l'internat est sa seule chance de quitter la rue Jeanne-Maillotte et cette famille où l'on crie, où l'on tape, n'en déplaise à la photo des vacances encadrée sur le buffet du salon ? J'apprendrai plus tard, sur d'autres documents, qu'elle a été classée 104e, avant-dernière. Et, par Chantal, une de ses anciennes copines, que tandis que les noms s'égrenaient par ordre de mérite, elle s'accrochait à son bras, en pleurs, persuadée d'avoir été recalée. 104e, avant-dernière. Cela signifie cent trois noms, on rigole aux cinquante premiers peut-être, on ne pensait quand même pas être si bien classée, et puis on rigole de moins en moins, surtout quand le nom des copines a été appelé, que déjà elles se congratulent, 70e, on est la seule de la bande des quatre – ces quatre autres avec qui on a fait l'école primaire, le cours complémentaire et la classe de préparation du concours – à ne pas avoir entendu son nom, 80e, la liste et les espoirs rétrécissent comme peau de chagrin, 90e, 100e, on aimerait étrangler dans la gorge chaque exclamation de joie d'une nouvelle reçue, 103e, il n'en reste plus que deux, c'est foutu. Et puis enfin, 104e, Christiane Crotte.

Moi aussi j'ai signé un engagement décennal, moi aussi j'ai été reçue à une école normale. Moi aussi j'étais avant-dernière. Mais j'ai raté la proclamation des résultats, je suis arrivée en retard, je m'étais trompée de salle. J'aime imaginer que, penchée sur mon épaule durant tout ce temps où je ne la voyais pas, où je ne pensais pas à elle, c'est elle, pas ingrate pour deux sous, qui a guidé mes pas dans la mauvaise salle pour m'épargner cette épreuve.

Ellipse de quatre années, et une fiche pour la sortie. Entre-temps, elle a eu le bac, série sciences expérimentales, les bordereaux de notes sont joints au dossier. Brillante au brevet, elle obtient le bac de justesse, à l'oral. Elle est néanmoins la première bachelière de sa famille : son frère Raymond est électricien, Georges a arrêté l'école puisque, d'après le dossier que je trouve ensuite à l'ENF, à quinze ans il travaille à la conserverie Caby. Le temps pour Christiane s'accélère, les années défilent, avec les demandes de postes, les affectations et les appréciations. Litanie administrative, énumération aride, mais où chaque adjectif est pour moi un trésor, une touche de son portrait. Merci à Mme Jacquemin, la directrice de l'école normale des filles, de me chuchoter ainsi que « Mlle Crotte met beaucoup de conviction, d'enthousiasme dans son enseignement. Elle réussit bien surtout auprès des jeunes enfants », et de conclure : « Jeune fille aimable, bien élevée. Ses qualités pédagogiques et sa conscience professionnelle laissent espérer qu'elle sera une bonne institutrice. » Merci à la commission de titularisation d'avoir indiqué un « passable » en chant, qui aujourd'hui me fait sourire et m'autorise à chanter encore plus faux. Merci à l'inspecteur qui, à la fin de sa première année d'enseignement, décrète : « Jeune maîtresse *très* maternelle, qui assure un travail *sérieux*, *régulier*. *Je lui fais confiance.* » Moi qui me consacre dans mon métier aux études de genre, et qui passe mon temps et mes cours à débusquer les stéréotypes, l'adjectif « maternelle » pour estimer la qualité d'une enseignante devrait me faire bondir. Car en découlent la vision d'un métier, la façon dont il est considéré, et le salaire qui lui est imputé. Je sais tout cela, je le pense, je l'enseigne. Mais je dois l'avouer, lire que cette femme qui était ma mère était « *très* maternelle », cela m'a fait plaisir. Si elle était « *très* maternelle » envers ses élèves, alors, forcément, elle devait l'être avec moi. Alors, forcément, elle m'aimait.

Et puis, comme une tragédie dont on ne peut enrayer le cours, comme un film dont on connaît la fin, mais où on ne peut s'empêcher de rêver à un autre dénouement, à une autre inflexion à l'intrigue, un arrêté m'informe que la candidature de celle qui s'appelle désormais Mme Détrez a été retenue par le ministère des Affaires étrangères, pour Sfax, en Tunisie. La machine est en marche. Une lettre manuscrite où Christiane prévient l'inspecteur de son détachement :

« Je ne pourrai donc pas me rendre le 15 septembre 1967 à l'école maternelle faubourg Duchâteau à Denain. » Des courriers où elle demande un reclassement, grâce auxquels j'apprends que, en décembre 1970, elle travaille au collège Marché-aux-Olives, à Sfax, comme enseignante de sciences naturelles. Elle est en Tunisie. 1970, je suis née. En haut à gauche, une adresse : « Cité Essourour, Route de Menzel Chaker km 1,8 ».

Son adresse, leur adresse. Notre adresse. Cité Essourour. *Essourour*, « la joie », en arabe.

Et une dernière pochette, portant son nom. En rouge, « reste en Tunisie ». Le 15 juillet 1971, Georges Gaucher, ambassadeur de France en Tunisie, remet la fonctionnaire détachée à la disposition de son administration d'origine, pour « non-renouvellement de contrat ». Le 6 août 1971, le ministre de l'Éducation nationale acte la réintégration de Christiane pour la rentrée de septembre. Mais elle n'est pas rentrée en France, puisque le 4 novembre 1971, la temporalité administrative étant ce qu'elle est, le ministre de l'Éducation nationale s'adresse à l'inspecteur d'Académie : « M. le ministre des Affaires étrangères m'informe que Mme Détrez née Crotte Christiane, institutrice de votre département détachée en Tunisie, annule sa demande de réintégration dans la métropole et sollicite son maintien en position de détachement. Par conséquent, je vous prie de considérer comme nuls et non avenus les termes de la lettre n° 7123 du 6 août 1971 par laquelle je vous invitais à prononcer la réintégration de l'intéressé(e) à compter du 16.9.1971. »

Le dossier des archives départementales du Nord s'arrête là. Elle est morte le 28 décembre 1971. Je ne peux m'empêcher de penser que cela ne serait pas arrivé si nous étions rentrés.

Si.

C'est bien le principe des accidents, de surgir à l'improviste, et de se jouer des si.

6

Si.

Si Françoise Dorléac avait conduit moins vite. Si elle était restée un peu moins longtemps avec son amoureux, et n'avait craint ensuite de rater l'avion qui devait la mener à Londres pour la sortie anglaise des *Demoiselles de Rochefort*. Si la chaussée n'avait pas été mouillée ce jour-là. Si la voiture n'avait pas dérapé, si elle n'avait pas percuté un poteau de béton. Si, dans le choc, les portières ne s'étaient pas bloquées. Si la voiture n'avait pas pris feu.

Si mes parents étaient rentrés en France. S'ils ne s'étaient pas disputés la veille. Si mes grands-parents avaient détendu l'atmosphère en riant et bavardant. S'il y avait eu une barrière au passage à niveau. S'ils avaient vu arriver le train. Si j'avais demandé qu'on s'arrête, pour faire pipi, pour boire un coup, pour faire un caprice, et qu'on avait franchi la voie ferrée après le passage du train. Ou peut-être si je n'avais pas demandé qu'on s'arrête, et qu'on avait franchi la voie ferrée avant le passage du train.

Aux archives diplomatiques de La Courneuve, j'ai retrouvé trace de l'accident. J'avais écrit à Nantes, j'avais écrit à La Courneuve. C'est là en effet qu'ont été rapatriés les documents relatifs à la coopération, selon une répartition entre les deux sites que j'avoue n'avoir toujours pas comprise. J'étais à la recherche d'une liste des coopérants qui auraient exercé à Sfax entre 1967 et 1971. On ne sait jamais. Je cherchais sur Google, je lançais des hameçons, j'envoyais des mails, et j'attendais. Et parfois, alors que j'étais en réunion, alors que j'étais en vacances, alors que je riais avec des amis, alors que je n'y pensais plus, une alerte arrivait sur le téléphone, sur l'ordinateur. « Vous avez un nouveau message. » Comme celui-ci.

18/10/2018
Bonjour, Madame,
J'ai trouvé le dossier personnel de votre mère, vous pourrez le consulter aux archives diplomatiques de La Courneuve en demandant soit au permanencier de service, soit au président de salle de commander la référence suivante : 2162INVA, carton 320. Vous pourrez obtenir la communication de ce carton en salle de lecture sur présentation de ce courrier.
Je vous prie de croire, Madame, à l'assurance de ma considération distinguée.
Emmanuelle Neto
Ministère des Affaires étrangères, Direction des archives

Octobre, ce n'est pas le meilleur moment pour faire l'école buissonnière. Certes, « je dois aller aux archives », dans mon milieu professionnel, c'est un motif d'absence tout à fait honorable. Mais « je dois aller aux archives pour faire des recherches sur ma mère », tout de suite, ça vous rapproche de la généalogie, de l'amateurisme, de la retraite. Ça ne fait pas sérieux. J'ai regardé mon agenda, toutes les cases des semaines à venir cochées, des réunions, des cours. Il fallait attendre un mois et demi pour qu'une journée se dégage. J'ai inscrit en rouge « réunion Paris », au cas où quelqu'un, dans une réunion, lors d'une prise de rendez-vous, lirait par-dessus mon épaule ce que j'avais écrit. Le jour dit, je suis montée dans le TGV pour Paris. On était en semaine, je culpabilisais un peu, et j'ai passé tout le trajet à répondre à des mails, afin d'avoir bonne conscience. Aux archives, j'ai présenté ma carte d'identité à l'accueil, rempli un formulaire, souri à la caméra de l'ordinateur pour la photo du laissez-passer, obtenu une carte, déposé mes affaires dans un casier puisque je ne pouvais emporter que le nécessaire pour travailler dans un sac plastique. Tout de suite, cela conférait une solennité certaine à la démarche. Même si les casiers me faisaient penser aux vestiaires de piscine, et que je me serais presque attendue à une odeur de chlore. J'ai présenté à la banque d'accueil le message imprimé, on m'a orientée vers la salle des catalogues, j'ai expliqué ma recherche, craignant que, là aussi, on me reproche de faire perdre du temps avec mes histoires de secret de famille. Mais non, au contraire, le monsieur m'a souri et, devant mon ignorance des procédures, a commandé la boîte. « Ce sera prêt dans une demi-heure environ, on viendra vous chercher. » Mon cartable était resté dans le casier du vestiaire de piscine, j'ai répondu encore à quelques mails sur mon téléphone, histoire de me donner une contenance, histoire d'attendre, de calmer ce cœur qui battait trop fort. J'ai laissé passer la demi-heure, et même un peu plus, pour ne pas déranger pour rien la dame à l'accueil. Quand j'y suis enfin allée, elle a regardé sur le chariot à roulettes à côté d'elle et m'a remis une boîte noire, à archives forcément, où sur la tranche étaient indiqués DESFOSSÉS-DRAVASA et donc, oui, Détrez devait s'y trouver. Je me suis installée à la place numérotée qui m'avait été attribuée. Autour de moi, des gens concentrés, plongés dans les papiers qu'ils feuilletaient, qu'ils recopiaient. Des chercheurs, des doctorants, écrivant un article, un livre, une thèse, plongés dans des liasses, des piles de livres ou de documents. Ils devaient être là depuis l'ouverture. À la même place, se reconnaissant sans avoir besoin de se parler. Et moi, pourtant leur collègue, avec cette recherche incongrue, avec cette seule boîte, DESFOSSÉS-DRAVASA. Personne n'a levé la tête de son travail. Personne ne m'a remarquée. J'ai ouvert la boîte, le plus silencieusement possible, et cherché, par ordre alphabétique.

Et je l'ai trouvée.

Une pochette, « Détrez Christiane ». Étonnamment, il n'y avait pas de dossier pour Détrez Jean-Luc. Tandis que les autres dossiers de la boîte, comme je le verrai ensuite, contenaient des rapports d'inspection, des procès-verbaux d'installation, rien de tout cela dans celui de Christiane. Aucun rapport de l'activité d'enseignante. Non, le dossier ne concernait que l'accident. Le premier feuillet de la pochette était une sorte de table des matières en papier pelure, d'un dossier dont il était indiqué qu'il comptait quatorze pages.

Désignation des pièces :

1. Traduction de la copie du Procès-Verbal dressé par la Garde Nationale de Sfax, à la suite de l'accident

du 28.12.71, dont a été victime Mme Christiane CROTTE, épouse DÉTREZ, ex-institutrice en Tunisie

2. Copie du schéma des lieux de l'accident
3. Déclaration de M. DÉTREZ, conducteur de la voiture accidentée
4. Déclaration du conducteur de train
5. Déclaration de la mère du Conducteur de la voiture accidentée
6. Permis d'inhumer
7. Demande d'inscription d'une défunte sur le registre des décès

Le cœur battant, je m'apprêtais à tourner la page. Les autres autour de moi avaient disparu. J'allais avoir la description quasi prise sur le vif de ce qui s'était passé. J'étais tout aussi impatiente que terrifiée. Terrifiée de tomber sur une description du corps, terrifiée de lire les mots de la douleur, de la stupéfaction, du « conducteur de la voiture accidentée », mon père, de sa mère, ma grand-mère, et du conducteur du train, dont j'aurais le nom, l'homme qui conduisait le train qui avait percuté la voiture que conduisait mon père. Et pendant qu'on enregistrait ses déclarations, j'étais où ? Dans les bras de mon grand-père ? Auprès du corps de la « défunte » ? J'ai respiré un grand coup, et j'ai délicatement tourné la page. Il n'y avait aucune des pièces mentionnées. Papiers égarés, mal rangés ? À la place, tout un échange datant de 1973 et 1974, entre les services du ministre des Affaires étrangères et ceux du ministre des Finances et de l'Économie au sujet de « L'affaire Sté nationale des chemins de fer tunisiens – Acct. Détrez Bureau B2/A », pour savoir si « l'accident mortel », « l'accident où Mme Détrez avait trouvé la mort », « à la suite d'une collision entre un train et la voiture conduite par son époux, M. Jean-Luc Détrez », avait entraîné des dépenses dont le remboursement n'aurait pas été obtenu à l'amiable par le responsable, M. Détrez, « conjoint de la victime ». J'ai parcouru ces histoires d'argent distraitement. Non, l'ambassade de France à Tunis avait informé « qu'aucune dépense n'avait été engagée par ses services, et qu'aucun remboursement n'est à demander au responsable ». Oui, un capital décès avait été versé, de 19413 francs, réparti comme suit : « 5971 F à M. DÉTREZ ; 6721 F pour chacun des deux enfants, Christine DÉTREZ et Laurent DÉTREZ ». J'étais terriblement déçue, j'étais profondément soulagée.

Il n'y avait rien. Rien.

Alors ce sont mes mots. L'histoire, telle que j'ai pu la recomposer ensuite.

Mes grands-parents paternels étaient venus passer les fêtes de fin d'année à Sfax. Le 28 décembre 1971, la famille avait projeté une excursion pour la journée à Sousse. Il fallait se détendre, l'atmosphère était lourde, le couple de mes parents en difficulté. C'était sans doute peu de jours auparavant que ma mère avait informé mon père de son intention de divorcer. Mais à l'époque, on ne divorçait pas si facilement, le consentement mutuel n'existait pas. Il y avait eu cette scène : « Et les enfants ? — Les enfants, tu peux les garder. » Avant Noël ? Avant l'arrivée de mes grands-parents ? Ou alors le soir, quand chacun était dans sa chambre, et ma mère obligée de partager la même chambre que mon père, « parle moins fort, ils vont nous entendre » ? « Parle moins fort, ma mère est fragile, je ne veux pas lui rajouter des soucis, on réglera ça après, quand ils seront repartis, fais un effort, pour eux, pour Noël, pour les enfants » ? Mais parvenue à un tel degré de ras-le-bol, arrive-t-on encore à faire semblant, à faire bonne figure, à s'échanger des cadeaux, « Joyeux Noël, mon chéri » ? Toujours est-il que, le 28 décembre, on laisse mon petit frère à Fatma, la jeune femme qui s'occupait de nous, et en avant l'aventure, une petite virée à Sousse. À vol d'oiseau, 121,51 kilomètres. Aujourd'hui, par l'autoroute, une heure et quarante-trois minutes. À l'époque, beaucoup plus sans doute. Ils avaient déjà parcouru plus de la moitié du trajet quand, entre Sfax et Sousse, au niveau d'El Jem – connu pour son amphithéâtre romain, dit aussi colisée de Thysdrus d'après le nom antique de l'endroit, dans ce district d'El Hencha –, la voiture s'est engagée sur un passage à niveau. Il n'y avait pas de barrière, un train est arrivé et, dans la collision, ma mère a été éjectée. Elle a été transportée dans un dispensaire, et à mon père qui lui demandait s'il allait la sauver, le jeune médecin avec un fort accent de l'Est a juste montré le crâne ouvert en deux. « Vous voyez bien qu'elle est morte. » C'est peut-être lui qui a signé le permis d'inhumer qui, avant d'être égaré, s'était trouvé dans le dossier.

Je ne sais pas comment s'est déroulé le voyage du retour. Il n'y avait plus de voiture sans doute. Je n'ai pas pensé à demander à mon père ce genre de détails, ça aurait paru tellement incongru... Comment sommes-nous rentrés ? Dans quel état étiez-vous ? Et moi, est-ce que je pleurais ? Est-ce que j'avais compris ? Est-ce que, tout simplement, je m'étais endormie contre ma mamie ? J'étais petite, et la journée avait été éprouvante. Je n'ai pas pensé à demander, et maintenant il est trop tard. Mais même si mon père était encore là pour répondre à mes questions, sans doute ne les lui poserais-je pas, il ne faut pas exagérer.

Ce que je sais, ce qu'il m'a dit, ce qu'il a dit à Danielle qui me l'a répété, c'est que quand nous sommes rentrés et que Fatma s'est mise à pleurer, mon père a déclaré qu'on ne parlerait plus jamais de Madame. Il a renvoyé les pleureuses. Avant que le corps soit rapatrié en France pour y être inhumé, une cérémonie a été organisée en Tunisie, au cours de laquelle, paraît-il, l'ambassadeur a prononcé un discours. Mon père est resté à l'écart. Il n'a pas accompagné le corps en France et n'est pas allé à l'enterrement. Nous non plus. Je ne suis qu'une piètre historienne, une historienne amateur. Ni à Nantes ni à La Courneuve je n'ai trouvé le discours de l'ambassadeur, Georges Gaucher, nommé en Tunisie du 2 avril 1970 au 7 juillet 1975, année où il est affecté en Autriche.

Feuilleter le mince dossier m'avait pris peu de temps. J'ai recommencé, sait-on jamais, le papier était si fin, les documents s'étaient peut-être collés ensemble. Non, rien. J'ai levé les yeux à nouveau sur mes voisins et voisines, absorbés par leurs recherches. Pour ne pas partir si vite, pour ne pas être venue pour rien, j'ai regardé quelques autres dossiers de la boîte. Avec un peu de chance, j'y retrouverais les documents égarés, classés dans une chemise alphabétiquement voisine. Bien évidemment, autant chercher une aiguille dans une botte de foin. J'ai abandonné au bout de deux dossiers. Tout à ma déception, je n'arrivais pas à m'intéresser à ces autres inconnus, dont les dossiers étaient pourtant souvent dotés d'une photo, contrairement à celui de ma mère. Je leur en voulais presque d'avoir eu droit à une photo d'identité, un dossier en bonne et due forme, PV de prise de poste, rapports d'inspection précis et détaillés. Tout ça sans doute parce que, dans l'établissement où ils et elles avaient été affectés, quelqu'un était soigneux, précautionneux, voire tatillon... Tout ça parce que leurs archives avaient été bien rangées, bien conservées, bien transférées. Alors qu'il y avait fort à parier que personne, jamais, ne viendrait les consulter. Ou alors un ou une doctorante, qui un jour ferait sa thèse sur la coopération en Tunisie ? Mais pas leurs enfants, avec qui, aujourd'hui petits papis, petites mamies, ils passaient peut-être des moments de vacances, qu'ils appelaient, qu'ils allaient voir aux fêtes de fin d'année. Leurs enfants qui, sur ces années de coopération, sans doute ne leur posaient jamais aucune question. Ce n'était pas juste. J'avais soudain la tête lourde et envie de pleurer. J'ai compulsé une dernière fois le dossier « Détrez Christiane », puis je l'ai replacé dans la boîte, que j'ai refermée, et que je suis allée rendre à la banque d'accueil. J'ai fait le moins de bruit possible, et personne n'a levé la tête quand je suis partie. Adieu.

Dans le TGV du retour, j'ai essayé de travailler. Mais peine perdue. Les yeux dans le vague, je regardais par la fenêtre. Tout ça pour ça, une journée entière, un aller-retour pour pas grand-chose, pour rien. Demain, tout reprendrait, les cours, les réunions, les jurys, la course des journées, la vie. C'était peine perdue. C'était trop tard.

À hauteur de Valenton, dans le Val-de-Marne, entre Paris et Lyon, la voie ferrée longe la station d'épuration Seine-Amont. Si on lève le nez de son livre ou de son téléphone, on est happé par deux yeux immenses collés sur deux gigantesques tours, ainsi habillées par l'artiste JR. Pour être exacte, il s'agit de deux cuves de méthanisation, ou encore digesteurs, de 28 mètres de diamètre et de 15 mètres de hauteur. J'ai croisé ces yeux écarquillés l'espace de quelques secondes, me retournant tandis que déjà nous les laissions au loin, ça va très vite, un TGV. Me revenait en mémoire la publicité de l'opticien dans *Gatsby le Magnifique*, l'affiche délavée, défoncée, mais toujours au regard impassible. L'affiche sous laquelle les pauvres petits humains vont et viennent, à pied, en train, en voiture, mus par leurs passions dérisoires, Gatsby, Dolly, Myrtle et les autres, l'amour, l'argent, la jalousie, Jean-Luc, Christiane, tout ce monde allant et venant sous les yeux témoins du drame, les yeux imperturbables, le regard fixe, et au final, dans la vallée des cendres, dans le paysage de sable, la tragédie, le sang sur le pare-chocs.

*

C'est sans doute une de ses dernières photos, une photo d'identité, elle a les cheveux coupés court, tandis que sur d'autres prises en Tunisie elle les porte au carré, au-dessus des épaules. J'ai récupéré ce portrait à la mort de Simonne, elle était dans un petit cadre de cuir bordeaux. « Elle l'avait toujours à son chevet », m'a dit Catherine, qui avait vidé la maison, puis la chambre de cette grand-mère dans la maison de retraite où elle a fini ses jours et où je ne suis jamais allée la voir. Christiane a ce même regard fixe, sérieux que sur la photo au foulard, une dizaine d'années plus tôt. Elle porte un polo, col ouvert. La photo est en noir et blanc, et de ces grands yeux, les mêmes que ceux de Catherine, je ne peux deviner la couleur. Peut-être se force-t-elle à les maintenir bien ouverts, peut-être sait-elle que si elle sourit, ils vont tellement se plisser qu'on ne les verra plus ? Ou, comme dix ans auparavant, a-t-elle cette détermination à nouveau chevillée au cœur, s'en sortir, partir ? A-t-elle pris sa décision, divorcer, changer de vie, et tant pis s'il faut renoncer aux enfants ? Ses lèvres esquissent un sourire, mais son regard est triste. Ou alors est-ce moi qui y lis de la tristesse, moi qui connais la fin de l'histoire ? Je doute qu'elle ait déjà annoncé sa décision à son amant, qui lui aussi est marié, « on quitte tout, on part ensemble, je t'aime ». En avaient-ils parlé, de ce projet, le lui avait-il promis, s'étaient-ils inventé une nouvelle vie, une vie à deux, sans bagages ? Ou avait-elle imaginé cela toute seule ? Poussée à bout, épuisée, ras le bol de son mari – « il était radin », me dira une des cousines qui le tenait de sa mère Mauricette, Christiane s'étant plainte dans une lettre de son refus alors qu'elle voulait acheter un rouge à lèvres. Elle ignore sans doute, quand elle pose pour cette photo, que l'amant va l'abandonner à ses chimères, qu'il va tout nier et la traiter de folle. Trop peur de faire exploser son ménage, sa famille, les femmes sont souvent plus courageuses dans ces cas-là. Elle pense qu'elle a encore toute sa vie devant elle. Non, elle n'y pense pas. Car comment imaginer, à vingt-six ans, quand on est amoureuse, qu'on va bientôt mourir ? Dans ce regard, elle est déjà ailleurs.

Je la regarde et ce n'est pas Françoise Dorléac que je vois, mais sa sœur, Catherine Deneuve, ou plutôt Geneviève, des *Parapluies de Cherbourg*. À deux reprises dans le film, Geneviève regarde fixement la caméra. La première fois, quand lui échoit la fève de la galette, et qu'elle n'a d'autre choix, pressée par sa mère, que d'élire Roland Cassard comme roi. La seconde quand elle soulève son voile de mariée. Regard fixe décoché à la caméra, contre toutes les conventions cinématographiques, et là aussi, je ne sais comment interpréter ces regards, comment déchiffrer leur énigme : l'extrême solitude de celle qui n'a finalement pas le choix, le froid désarroi de la bête traquée ou la prise à parti, comme un défi ? Les yeux dans les yeux.

De moi, à cet instant, elle ne peut plus se détourner.

7

Sur les photos de l'école normale, sur les photos des deux mariages, mon père a le même visage un peu timide que Guy, des *Parapluies de Cherbourg*, les cheveux bruns, la raie sur le côté. Mais si Guy me fait penser à mon père, ce n'est pas seulement pour ce physique de jeune premier très années 1960. On connaît le synopsis des *Parapluies* : Guy et Geneviève s'aiment, mais Guy est appelé à la guerre d'Algérie. La veille du départ, ils passent la nuit ensemble, et Geneviève tombe enceinte. Les lettres de Guy se font plus rares et, pressée par des difficultés financières, Mme Emery, la mère de Geneviève, pousse sa fille à épouser Roland Cassard, riche diamantaire, amoureux éconduit de Lola dans le film du même nom. Quand Guy revient, Geneviève a quitté la ville avec son époux. Guy traverse une mauvaise passe, alcool, filles, où se mêlent le traumatisme de la guerre et la blessure de l'amour perdu, jusqu'à la mort de sa tante Élise. Il épouse Madeleine, la douce jeune fille qui s'occupait de sa tante. Quelques années plus tard, Geneviève, en choucroute et manteau de fourrure, s'arrête à la station-service – avoir une station essence, sentir l'essence toute la journée, le rêve de Guy. Il vient la servir, elle entre se réchauffer, laissant leur fille Françoise toute seule dans la voiture. En une phrase à propos du sapin de Noël, elle apprend que Guy est marié et a un fils (« c'est ma femme, enfin, c'est pour le gosse »). Geneviève repart, avec sa Françoise que Guy n'a pas voulu voir. Le film se clôt sur l'arrivée de Madeleine et de leur fils François. Et tandis qu'on devrait être heureux de cette harmonie – Guy et Madeleine sont beaux, il y a de l'amour et un beau sapin de Noël dans cette station-service éclairée –, on ne peut s'empêcher de pleurer, on ne peut s'empêcher de vouloir un autre dénouement. On pleure peut-être parce que Geneviève ment, quand elle dit que la rencontre est due au hasard, qu'elle a fait un détour, entre l'Anjou où elle est allée récupérer sa fille et Paris. Un détour d'environ 500 kilomètres, ce n'est quand même pas rien. On pleure peut-être parce qu'on l'imagine prendre de l'essence dans toutes les stations-service du coin, pour trouver Guy. On pleure peut-être parce que Guy a donné à l'enfant de Madeleine le prénom préféré de Geneviève, et ça, c'est franchement moche. On pleure peut-être parce qu'on sait que leur amour, sans doute, n'aurait pas résisté au temps qui passe, et que c'est mieux comme ça. On pleure parce que Mme Emery, la mère de Geneviève, a raison quand elle lui chante qu'on ne meurt d'amour qu'au cinéma. Mais moi, je pleure aussi pour Madeleine la douce, dont personne ne se soucie dans cette histoire. Et pour Roland Cassard, qui n'aura vraiment pas eu de chance, puisque après Lola qui ne pense qu'au retour de son Pierre en couchant avec des marins de passage et le considère lui uniquement comme un bon copain, il vit maintenant avec une femme qui ne l'aime pas. Et je pleure aussi pour Marc Michel, l'acteur jouant Roland Cassard, qui n'était pas le premier choix de Jacques Demy : Roland Cassard devait être joué par Trintignant, et ça n'a jamais bien collé entre Jacques Demy et Marc Michel, toujours un peu à l'écart des films et des interviews.

Si Guy me fait penser à mon père, ce n'est pas seulement pour leur ressemblance. Dans une lettre de ce film que je connais par cœur, Guy écrit de l'Algérie que « le soleil et la mort voyagent ensemble ». En Tunisie aussi, même si ce jour de fin décembre, il n'y avait peut-être pas de soleil. Et puis mon père, je crois, a également traversé une mauvaise passe en rentrant de Tunisie, il m'avait parlé de cafés où il m'emmenait. Il paraît que, du haut de mes trois ans, j'allais voir les dames en leur demandant si elles voulaient bien être ma maman. À écrire cette phrase, je me demande s'il m'a vraiment dit ça, ou si je l'ai inventé. J'ai même l'impression que c'est devant cette scène des *Parapluies* où Guy va de bar en bar qu'il me l'a raconté, mais est-ce possible ? Heureusement, Jean-Luc aussi a rencontré sa Madeleine. Elle s'appelait Danielle, elle l'a sauvé. Danielle avait un ami pourtant, qui l'avait mise en garde : « Tu ne vas pas épouser un homme qui a déjà deux enfants ? » Elle a bien voulu être ma maman. Contre Geneviève, mon cœur, dans une infinie reconnaissance, choisit Madeleine et Roland.

Si je pleure tant devant *Les Parapluies de Cherbourg*, si en voyant Guy je pleure sur la peine de mon père, et si je pleure à la fin de soulagement, de bonheur, de reconnaissance, d'amour pour Madeleine, c'est aussi que les larmes, dès le début, ont été interdites, et qu'il n'y avait que devant les films que je pouvais pleurer tout mon soûl. Après l'accident, mon père a donc chassé les pleureuses et décrété qu'on ne parlerait plus jamais de Christiane. Nous avons obéi. Des enfants d'instituteurs, c'est le modèle parfait d'obéissance, ça respecte les règles, c'est pour cela que, statistiquement, les enfants d'enseignants ont les meilleurs résultats scolaires. Je n'ai pas fait mentir les statistiques. Une enfant exemplaire. Travailleuse, obstinée. J'ai réussi des tas de concours prestigieux. Il n'y a que ce foutu permis de conduire que, étrangement, j'ai raté huit fois. « Vous n'avez pourtant pas l'air plus bête qu'une autre ! » s'est exclamée une examinatrice à un énième échec. Tout rapprochement avec un certain traumatisme d'enfance serait quand même un peu trop facile, l'analyse psychanalytique un peu trop offerte sur un plateau, me semble-t-il. Avec le recul, je préfère y voir une preuve de ma détermination, à moi aussi. À la neuvième fois, je l'ai eu, ce permis.

Et voilà qu'un jour j'ai commencé à désobéir. Avant même cette enquête, avant les archives, les lettres, les papiers et les photos. J'avais une petite trentaine d'années, une belle maison, des géraniums sur la terrasse, un beau métier, un garçonnet de cinq ans et une petite fille de trois ans, une blondinette aux yeux bleus comme des billes, des yeux écarquillés que j'ai reconnus ensuite à rebours des photos, une fillette qui avait à peu près l'âge que j'avais au moment de l'accident. C'est sans doute à ce moment, à les regarder, elle et son frère, à les câliner, à les embrasser, à les prendre dans mes bras, à m'enivrer de leur odeur, de leurs rires, de leurs babils, que cette phrase, « Les enfants, tu peux les garder », est devenue encore plus insupportable, encore plus incompréhensible. Je voulais bien essayer de comprendre, mais c'était compliqué, pour moi qui jamais jamais jamais, pour rien ni personne au monde, n'aurais laissé mes enfants.

Alors j'ai commencé à gratter, à creuser, à écailler le silence, à l'arracher de mes ongles, lambeau après lambeau. Je me suis dit qu'il fallait commencer par briser le secret. Arrêter d'être complice, ne pas reproduire, ne pas transmettre. J'ai appelé mes enfants, « j'ai quelque chose à vous dire ». Je ne me souviens plus s'il faisait soleil ou s'il pleuvait, je ne me souviens plus comment ils étaient habillés, ni moi. Ni si leur père était là ; sans doute, pour que l'annonce soit un peu solennelle, et puis j'avais un peu peur de faire n'importe quoi, est-ce qu'on balance une nouvelle pareille à des enfants impunément ? Toujours est-il que, au soleil ou avec la pluie dévalant les vitres, j'ai dit à mes enfants qu'ils avaient une autre grand-mère, que j'avais eu une autre maman que celle qu'ils connaissaient. Ils ont écouté, « oh, c'est une bien triste histoire », et puis ils sont retournés jouer.

Voilà, c'était fait. J'avais parlé à mes enfants.

8

Il m'a fallu du temps pour oser poser les questions. Avant même cela, oser dire à mon père que j'avais désobéi, enfreint la loi du silence : « On ne parlera plus jamais de Madame. »

Avec mes ongles, écailler, creuser, gratter les croûtes, encore et encore. Elle voulait le quitter. Elle avait dit qu'elle partait, elle voulait divorcer, et lui ne voulait pas.

Il a fallu plusieurs années, et m'y reprendre à plusieurs fois. Peu après la tentative précédant juste le colloque, quand j'avais réussi à obtenir le lieu de l'accident, il y eut un long week-end férié que je suis allée passer chez mes parents. J'ai repoussé, de jour en jour, je poserai des questions demain, là ce n'est pas le moment. Le week-end s'est écoulé. Conversations anodines, moments devant la télé. Je n'ai pas réussi à sauter le pas : « Au fait, j'aurais des questions à te poser, papa. » Le dernier jour, juste avant mon départ, mon père a fait un deuxième AVC. Son corps tordu, par terre, dans la salle de bains. Et tandis que le Samu s'activait autour de lui, je remerciais le ciel de ne pas lui avoir parlé, de m'avoir épargné cette culpabilité que j'aurais traînée ensuite, nouveau boulet de silence.

J'ai à nouveau attendu. J'ai pensé que ce n'était pas important. Que mon père était en trop mauvaise santé pour en rajouter. À quoi bon aller remuer des événements anciens, ça ne servait à rien, tout le monde était heureux, la vie était lancée. Il était plus important de m'occuper de mes enfants en pleine adolescence, de mes parents vieillissants. Je me suis donné de bonnes excuses. Deux ans, trois ans, cinq ans, sept ans. L'été est revenu, nous nous sommes retrouvés, comme chaque année, dans ce village du sud de la France blotti dans ses remparts, et à leur pied coule une rivière, les collines posées comme des pattes de sphinx de l'autre côté du pont, les montagnes qui dessinent une silhouette de femme allongée. Dans ce village où nous allons chaque été depuis que j'ai huit ans, mes frères et moi allongés à l'arrière de la voiture du temps où les ceintures de sécurité n'étaient pas obligatoires. À la naissance de Thibault, mes parents y avaient acheté une ruine et avaient passé plusieurs étés de leurs vacances d'enseignants à la retaper. Pour nous, les enfants, tandis qu'ils ponçaient, déjointoyaient, rejointoyaient, battaient le plâtre et faisaient tourner la toupie à ciment, tandis qu'à califourchon sur les poutres ils avançaient, chevron après chevron, latte après latte, sciant, ajustant, vernissant, vitrifiant, peignant, pour nous, c'était la liberté, les équipées en bande à vélo, les chasses au trésor dans les vignes, les larcins dans les vergers, les pierres soulevées pour trouver des vipères enroulées, les couleuvres d'eau qui nous frôlaient le ventre, les libellules bleues sur la rivière et les alevins pêchés à l'épuisette, les mûres et les figues, les rues chauffées à blanc et la chaleur des murs comme une respiration quand le soir tombe, le bruit des tongs et le gros orteil en sang parce que l'attache du milieu cède, et que le pied se blesse. Le berceau de mes rêveries.

Le premier AVC de mon père avait laissé des séquelles, et ils m'avaient revendu la maison tout en étages, pour en acheter une autre de plain-pied dans le même village. Nous avons donc continué à passer nos étés ensemble, mais chacun chez soi, et à mon tour j'ai dit à mes enfants de ne pas rentrer trop tard, de ne pas manger le raisin vert – « vous allez avoir mal au ventre, c'est plein de sulfate » –, de ne pas courir avec les tongs – « c'est dangereux, vous allez vous blesser les orteils ». J'ai montré à mes enfants les nids d'hirondelles qui festonnent les toits, les petites têtes blanc et noir piaillant pour la becquée, je leur ai appris à se servir de la saponaire des rivières pour se laver les mains, je leur ai raconté que le vent grondant dans les rues encaissées était un dragon dont la queue faisait claquer les volets, je les ai laissés s'ensauvager, cheveux emmêlés et écorchures aux genoux. Je leur ai montré dans le profil des montagnes le corps de la femme allongée, déesse à l'ombre de laquelle grandir. « Je la connais depuis l'enfance, elle était là avant moi, avant vous. Elle nous protège », leur ai-je raconté.

Les jours passaient dans ce temps étiré des étés. Mon père ne sortait plus, le corps trop affaibli, les os pointaient, les muscles fondaient, les membres se rabougrissaient. Je passais chaque jour, discuter, boire un café. Il restait quelques minutes, puis partait cahin-caha dans sa chambre, regarder la télé, dormir, faire des recherches sur son ordinateur. Près de son lit, l'appareillage s'il avait besoin d'oxygène. Les jours coulaient près de la rivière, et son visage paraissait d'autant plus pâle que nos peaux se hâlaient autour de lui. Un après-midi, tandis que les enfants vivaient leurs aventures et avant de descendre les rejoindre au bord de l'eau, j'ai senti une excitation inhabituelle dès que j'ai ouvert la porte. Danielle s'est précipitée, avant même que je les embrasse. « On va avoir de la visite, un copain de ton père, un copain de l'école normale, un copain de Tunisie ! — Qu'est-ce que tu dis ? » Elle parlait vite, tandis que mon père se renfrognait, comme il le faisait dès qu'elle répondait pour lui, avant lui, qui ne parlait plus qu'à peine. « Il est en vacances dans les Pyrénées, pas loin, il a appelé, il va passer avec sa femme, ils vont dormir ici. Il dit qu'il a un film. De Tunisie. »

Je me suis assise sur le canapé, abasourdie. « Un film de Tunisie ? Il habitait à... Sfax ? Je ne comprends pas. » J'ai ainsi appris que, quelques mois auparavant, mon père avait reçu un coup de téléphone d'un ancien copain, un de ses meilleurs amis de l'école normale. Ils avaient partagé leur chambrée pendant quatre ans, et puis s'étaient perdus de vue. François avait continué ses études à Lille pour devenir professeur de collège, tandis que Jean-Luc, lui, prenait un poste d'instituteur. Mais quelques années plus tard, une fin d'été, ils s'étaient retrouvés sur le pont de l'*Avenir*, le bateau qui reliait Marseille et Tunis. François et Michèle, son épouse, étaient coopérants à Djerba, Jean-Luc et Christiane à Sfax. Ils s'étaient vus ensuite quelquefois, avant que Jean-Luc, sans Christiane mais avec ses deux enfants, rentre en France. Ni l'un ni l'autre n'avaient cherché à renouer ensuite, et il avait fallu attendre qu'ils soient septuagénaires pour que François, soudain, lors d'un voyage dans le Nord, se souvienne de son ancien copain et le rappelle. « Il avait demandé de tes nouvelles, a ajouté mon père, il se souvenait de toi, il t'avait filmée quand ils étaient venus nous rendre visite, avec sa femme et sa fille. — C'était... avant l'accident ? ai-je demandé, hésitante. — Oui, avant l'accident », a répondu mon père.

François est arrivé, avec sa femme Jacquie - ce n'était plus Michèle, le couple n'avait pas résisté au temps et avait divorcé quelques années après deux enfants et le retour en France. Dans l'après-midi, nous nous sommes installés dans la chambre de mes parents, pour disposer d'un mur blanc. Mes enfants étaient là également. On avait ajouté des chaises, j'étais assise sur le lit, je plaisantais, la plus petite sur les genoux, tandis que, en réalité, j'étouffais. François a inséré les bobines sur le projecteur qu'il avait apporté. Les images sautent, ont le rythme saccadé et les couleurs des films super-8. Pour que j'en aie une trace, mon compagnon, à nouveau le Ian de ma jeunesse après le long épisode avec le père des enfants, a filmé le film. On m'entend, sur ce film du film, je parle trop fort, je ris trop aigu. Personne n'avait expliqué à François les années de silence et de secret. Personne n'avait expliqué que ce serait la première fois que je verrais ma mère. Il m'a dit ensuite qu'il m'avait trouvée bizarre ce jour-là, pas naturelle. Tu m'étonnes. Le moment était pour moi insupportable. Moi aux aguets des réactions de mon père, de Danielle, n'osant regarder le film, n'osant me livrer à ce moment où je voyais ma mère pour la première fois. Surveillant du coin de l'œil mon père et Danielle, pour voir si eux me regardaient. Serrant sans doute un peu trop fort ma fille. Le silence et le secret, toujours plus forts que tout, qui ont fait que quand, pour mon enquête, j'ai recontacté François après avoir trouvé ses coordonnées sur Internet, j'avais complètement oublié – oui, oublié, si étrange que cela puisse paraître – que je l'avais déjà rencontré, et qu'à peine trois ou quatre ans plus tôt, c'est lui qui avait apporté le film. Ma mémoire comme une ardoise magique, clac, on efface tout.

Mais je l'ai vue, elle, vivante.

Christiane sort de la maison, prend dans les bras un bébé – mon frère – que mon père lui amène. Elle s'assied sur les marches du perron blanc. Elle porte une robe mauve, avec des fleurs blanches et jaunes, et quelques aplats verts, dans ce tissu satiné qui devait être à la mode. Il ne fait pas très chaud, la robe a des manches longues et mon père porte un gilet. Elle a les cheveux très courts. Elle regarde la caméra, elle rit. « Je suis désolé de ne pas l'avoir davantage filmée, s'est excusé François, on filmait surtout notre fille, Cécile, c'était pour envoyer en France, à mes parents. » Effectivement, la caméra s'éloigne de Christiane, pour se centrer sur deux petites filles qui jouent et finissent par se disputer. Cécile et moi. Dans un second extrait, quelques secondes avant la fin de la bobine, mes parents sont au fond du jardin de sable et de plantes. Christiane est de dos, elle porte une robe rouge à grand empiècement blanc au col. Elle tient Laurent dans les bras. Et soudain – de si loin, du fond du jardin, la qualité du film est mauvaise, c'est la toute fin de la bobine, les mouvements sont saccadés –, elle se retourne vers moi, qui joue avec mon père.

À la forme du visage, il faut me rendre à l'évidence. C'est mon frère qui lui ressemble.

François et Jacquie sont repartis le lendemain. On n'a pas reparlé du film avec mon père. Mais tandis que j'étais passée les voir, comme tous les jours, avant de descendre à la rivière, lui qui restait toujours en retrait et laissait ma mère entretenir la conversation, il s'est assis sur le canapé, à côté de moi, et a posé sa main sur la mienne. « Si tu as des questions, je peux peut-être y répondre. » On y était, et je n'avais rien préparé. Le soleil tapait fort dehors, mais ma mère avait tiré les volets pour garder la fraîcheur, et le parquet sombre renforçait l'obscurité de la pièce. On était assis là tous les trois, et je ne savais pas quelles questions poser. Alors il m'a raconté l'accident.

« Et il y a cette scène que je vois encore, mais je ne peux pas la dire. — Si, si, tu dois me la dire. — J'ai demandé si elle allait survivre, et là, le médecin, c'était un jeune, avec un fort accent de l'Est, il a pris le crâne, et le crâne était ouvert en deux, et il a fait comme ça, et il a dit : "Mais non, monsieur, vous voyez bien qu'elle est morte." »

Des phrases qui, à leur tour, sont allées s'imprimer à jamais dans mon cerveau. Celles-là, je ne les ai pas oubliées.

« Et puis aussi, elle était trop libre. — Mais que veux-tu dire, papa, elle était trop libre ? — Elle riait trop fort, j'avais honte quand nous étions invités. — Comment ça, tu avais honte ? — Oui, elle riait, elle s'asseyait comme ça, c'était inconvenant, les amis et les épouses de nos amis étaient gênés, je n'osais plus sortir avec elle. — Et l'amant ? — Je n'ai jamais su si c'était vrai, il a toujours nié, il était marié. Et même après, après l'accident, je suis allé le voir, je lui ai dit : "Elle est morte, j'ai besoin de savoir, dis-moi, je te jure, je ne dirai rien." Il a nié. C'était un copain à moi, un très bon copain. »

Il m'a dit un prénom, Francis, marié avec une Annie.

« Il ressemblait à Maurice Ronet, a-t-il ajouté. Sa femme était coiffeuse. — Tu te souviens de son nom de famille ? » Il a hésité, m'a regardée. « Non, je ne me souviens pas. »

Je ne saurai jamais s'il m'a menti. Si, dans un moment de prémonition, il avait pressenti qu'un jour je voudrais retrouver les traces, interroger les gens.

« Et pourquoi ne nous as-tu jamais parlé de Christiane, à Laurent et à moi, c'était pour nous protéger ? — Pour vous protéger ? Non, pour me protéger, moi. Je suis allé voir un psy, une fois, et je n'y suis jamais retourné, il m'avait énervé. Quand je lui ai dit que je n'avais pas besoin de lui, il m'a dit que je serais bien la première personne à m'en sortir tout seul. »

Je reconnaissais là sa haine des psys : pour lui, pour ma famille, les psys, c'est pour ceux qui ont trop d'argent, qui n'ont que leur nombril à contempler, que ça à foutre, comme il disait. Il s'est tu, il était fatigué. Depuis l'AVC, il peinait pour parler, chaque mot était une souffrance. Je ne savais plus quelles questions poser, je voulais partir, quitter la pièce sombre, retrouver le soleil, la lumière, la peau bronzée de mes enfants, leurs jeux et leurs cris dans la rivière. C'était trop dur. À quoi bon remuer le passé ? À quoi bon le forcer à se souvenir, lui qui avait tant voulu oublier, tirer un trait, recommencer à zéro ? J'ai embrassé mon père, et j'ai embrassé Danielle.

L'été a continué, on n'en a plus parlé.

*

Quelques mois plus tard, j'ai reçu un paquet, qui contenait des boîtes de diapos. Des boîtes de plastique orange, avec le couvercle transparent, et Kodak inscrit en relief. Des centaines de diapos, avec le cadre en carton blanc, *Diapositive Kodachrome* imprimé en rouge, *traité en France par Kodak*, et sur certaines des dates, des lieux, de l'écriture de mon père, des numéros. Une série de juillet 1966, le mariage, une série en Bretagne, les légendes écrites en petites capitales à l'encre noire indiquent cap Fréhel, Dinan, Mûr-de-Bretagne, le Lac, fort La Latte, Auray, plage de Pen Guen, Plougastel-Daoulas, Carnac, Poulancre moulin à eau, île de Bréhat, sans doute pour le voyage de noces. Autant de lieux et même souvent de noms qui me sont complètement inconnus, car, sans doute par coïncidence, nous ne sommes jamais allés en vacances en Bretagne avec mon père. Dans une autre boîte, la Tunisie, Sfax, Chebba, Kairouan, le Belvédère à Tunis, Oued Chaffar, Zaghouan, Gabès la palmeraie, El Jem, Sidi Bou Saïd, Mahrès. Sur quelques autres, Christine 1 mois, Christine 3 mois. Et beaucoup de diapos sans légende. Je les ai regardées devant la fenêtre, comme un bijoutier ses diamants. Sur la série du mariage, dans les tablées et la sortie d'église endimanchée, je reconnaissais mes grands-parents, je reconnaissais mon père. Et puis elle, là, et là, multipliée, comme dans un kaléidoscope, des dizaines, des vingtaines d'images d'elle. Mais, les diapos collées contre la vitre, j'avais du mal à distinguer les détails, je voyais sa silhouette, la couleur de ses robes, l'évolution des coiffures. Christiane dans sa robe de mariée, le repas, la farandole, la famille, un chignon piqué de tulle blanc, et puis en pull bleu et jupe rouge au Mont-Saint-Michel, et ensuite, les robes de couleur, bleue, jaune, verte, blanche, elle sourit, au milieu du mimosa, elle sourit en robe jaune tandis que ma grand-mère regarde une dame dans son grand haïk blanc, je reconnais le Café des Nattes de Sidi Bou Saïd en arrière-plan, elle est prise sur le vif dans la même robe jaune, devant un empilement impressionnant d'amphores, on distingue mieux l'imprimé cachemire rose, violet et vert et ses cheveux au carré volent tandis qu'elle vient sans doute de tourner la tête, peut-être appelée par le photographe, elle est prise de profil, en robe verte, si j'agrandis je distingue des pois roses, jaunes et blancs sur le tissu, le jardin est plein de fleurs, des géraniums roses et rouges, la lance fuchsia d'une rose trémière et, au premier plan, une large feuille verte, peut-être de bananier, en écho à la couleur du tissu. Sur une autre photo, elle tricote, un ouvrage rayé de rose, peut-être pour moi ? Elle sourit en robe bleue, appuyée au bastingage d'un bateau – le ferry pour la Tunisie, et moi je suis la petite fille brune dans ses bras. Les robes sont colorées, on dirait un film de Demy, toujours la même forme, petit col, empiècement et coupe assez ample, sans doute est-elle enceinte. Elle a les cheveux coupés au carré, et puis plus court, très courts, tandis qu'elle sourit en maillot dans une piscine gonflable. Derrière, je distingue une balustrade de tulipes en ferronnerie, et moi je suis la petite fille brune qui rit dans l'eau. Et sur cette autre, on distingue mieux son visage car le plan est rapproché, le petit garçon sur ses genoux est mon frère, et elle sourit encore au photographe. Je les ai regardées en les mettant face à la fenêtre, et puis j'ai refermé les boîtes, et je les ai rangées dans le tiroir de la coiffeuse qui avait appartenu à ma grand-mère, cette coiffeuse dont elle avait cassé un coin du dessus de marbre pour y cacher les lettres de mon grand-père.

J'ai appelé mon père, « merci pour les diapos ». On aurait pu croire qu'on était quittes. Ça aurait pu s'arrêter là.

9

Je continuais mes cours, les enfants grandissaient. Les saisons s'enchaînaient, le prunier fleurissait, puis le cerisier, puis le pommier, les fruits, les feuilles qui tombent, la neige – de moins en moins souvent –, et ça recommence. Je commençais à comprendre aussi que le couple, l'amour, c'est compliqué. J'avais quitté la maison pour un appartement, et les enfants y dormaient une semaine sur deux. L'un après l'autre, ils rattrapaient l'âge de mes étudiantes et étudiants, et je commençais à trouver normal que ceux-ci m'appellent madame. J'écrivais des livres et des articles, je donnais beaucoup de conférences sur le « genre », et notamment sur les femmes invisibilisées, oubliées de l'histoire : où sont-elles, en effet, nos héroïnes, nos compositrices, nos peintres, nos poétesses, nos chercheuses, dans quel musée, dans quelle encyclopédie de l'art ou des sciences, dans quel palmarès, dans quelle cérémonie de prix Nobel ? Par mes lectures, par mes recherches, je découvrais l'ampleur du scandale, je l'expliquais en classe, en amphi, devant des centaines de lycéennes convoyées en cars chaque 8 mars, ce scandale tellement ancré dans nos cultures et nos mentalités qu'on ne s'en aperçoit même plus, ce masculin que l'on fait passer pour du neutre, cette histoire et toutes ces histoires écrites par des hommes. C'était comme si les écailles me tombaient des yeux, comme si mon oreille se blessait à trop entendre l'absence de ce *e*, une voyelle effacée pour tant de femmes oubliées. J'y mettais tout mon enthousiasme et mon énergie. J'écrivais, je m'agitais, je haranguais, je m'indignais. Sans trop savoir au fond si tout cela avait un quelconque effet, et si, dans l'esprit de ces centaines de lycéennes, cela jouerait sur l'estime d'elles-mêmes, leurs choix d'orientation, ou rien du tout. « Tu te souviens quand on était allées à Lyon ? — Ah oui, on avait mangé des sandwichs dans le car. Elle parlait de quoi déjà, la prof ? — Je ne sais plus, mais elle parlait fort. »

Et puis l'évidence. La petite voix fichée dans la conscience : allez, fais la maligne, joue la féministe, fais de beaux PowerPoint avec Fanny Mendelssohn, Alma Mahler, Rosalind Franklin, Lise Meitner, Cecilia Payne et les autres. Dans ton histoire à toi, ta petite histoire avec un petit *h*, une femme aussi est effacée, gommée, réduite au silence. Tu as posé trois questions, tu as révélé son existence à tes enfants, et tu penses que ça suffit, tu as la conscience tranquille, tu estimes avoir été courageuse ? Une femme qui a été ta mère, et tu es désormais plus âgée qu'elle ne l'a jamais été. Bien plus âgée, au point d'avoir désormais l'âge d'être sa mère à elle. Une femme dont la responsabilité de l'existence désormais t'échoie. Tu crois t'en tirer en te cachant derrière l'ignorance, l'absence de détails. Tu as regardé quelques diapos devant une vitre, sans même chercher un appareil pour les projeter, pour vraiment les voir, la voir. Et puis tu les as rangées. Affaire classée. Oui, tu peux te cacher derrière des prétextes, la peur du père, la peur de blesser, de faire mal au cœur, mais ne viens pas alors te plaindre, ne viens pas faire la leçon. Tu n'as pas bougé d'un pouce, depuis ce moment où, au collège, tu racontais à tes copines le vide, le rien, le silence, et qu'elles se taisaient. Une façon de faire l'intéressante à peu de frais, de jouer la victime, la pauvre orpheline. Si tu ne sais rien, ou si peu, n'est-ce pas simplement parce que tu n'as jamais vraiment cherché ? Il faut te retrousser les manches, ma jolie, on n'a jamais rien sans rien.

On était en 2017, j'ai commencé à chercher dans les archives départementales du Nord. J'ai attrapé un fil, et la pelote est venue, embrouillée, emmêlée. La prochaine étape serait les archives de l'école normale, il y aurait peut-être des choses. En avril, j'avais prévu d'aller passer le week-end chez mes parents, dans le Nord, avant une réunion universitaire programmée le lundi à Villeneuve-d'Ascq. Je les ai appelés. Danielle a décroché, c'était toujours elle qui décrochait depuis les AVC de mon père. « Maman, je voudrais vous demander quelque chose, je voudrais venir faire un entretien, pour mon travail. » Je me suis un peu mélangé les pinceaux et les prétextes, et en même temps je ne mentais pas. « Je veux faire un livre sur les instituteurs des années 1960, sur les écoles normales, sur la vie des femmes, et aussi, euh, sur Christiane. Est-ce que vous seriez d'accord, est-ce que papa est d'accord ? » Elle a passé le téléphone à mon père, il a répondu tout de suite que je venais quand je voulais. Il a ajouté : « Ça me fera plaisir de parler de tout cela. Ça restera après ma mort. » Je me suis demandé de quoi il parlait. De

Sfax, de l'école normale, de Christiane ? Quand Danielle a repris le téléphone, elle a ajouté qu'elle avait toujours trouvé bizarre que mon frère et moi ne posions pas de questions.

Le week-end suivant, j'ai pris le TGV pour Lille. Ma mère est venue me chercher à la gare et m'a amenée à Valenciennes, dans le petit appartement qu'ils avaient acheté après avoir vendu la maison où j'avais passé mon enfance. La maison que, pendant les années tunisiennes, mon père avait fait construire avec Christiane, avec les économies du salaire mirobolant qu'on leur versait en tant que coopérants. La maison dans laquelle nous avons vécu avec Danielle. C'est mon père qui, le lendemain de mon arrivée, et parce que encore je traînais et hésitais, a demandé quand nous ferions ce fameux entretien. Il avait réappris à parler, à coups de séances d'orthophonie, la parole encore fragile, trébuchante, il s'énervait quand un mot lui résistait, parce qu'il butait sur une syllabe, ou parce que le mot lui avait échappé. Il ne participait plus aux discussions familiales, il restait assis, sur le côté, avec son ordinateur, explorait des sites de vente, des tableaux, des masques africains, des poteries, la décoration de l'appartement se chargeant au gré de ses passions, chaque strate s'ajoutant à la précédente, on ne voyait presque plus la tapisserie. Et puis il s'était mis à passer de plus en plus de temps alité, en raison des douleurs. Je me suis assise au bord du lit, il s'est redressé sur ses oreillers. Il y avait sur la table de nuit le cube de photos en plastique que j'ai toujours connu, avec les photos d'enfance de mes frères et moi, en noir et blanc, ces photos qu'il développait dans la salle de bains. J'ai enclenché le dictaphone. J'ai sorti les feuilles que j'avais préparées, un stylo, comme si ces gestes habituels, techniques, permettaient encore de ruser. J'ai commencé à lui poser des questions sur l'école normale, les années yé-yé, sa passion de la musique. Danielle était là également, elle avait demandé si elle pouvait rester, « oui, bien sûr », lui avais-je répondu, un peu trop vivement peut-être, tout à ma crainte qu'elle se sente exclue, rejetée par ma démarche, elle que pourtant j'aime d'un amour si profond. Elle s'était assise sur une chaise, un peu en retrait. Parfois elle complétait un souvenir de mon père, un souvenir qu'elle n'avait pas vécu – et cela m'émouvait de voir combien ils s'étaient parlé de leurs vies, cela me rassurait de saisir que, au moins à elle, il avait parlé. Il m'a raconté la chambrée des copains, François, les autres, le groupe de rock qu'ils avaient créé, il avait une guitare, mais n'avait jamais fait de musique. La radio, *Salut les copains*, il a chanté le jingle, les concerts, et ma grand-mère affolée devant les jeunes debout sur les sièges au théâtre de Denain, chaînes de vélo tournant autour des têtes : elle avait voulu l'accompagner au concert des Chaussettes noires. J'appréhendais, à mesure que l'on approchait de l'entrée en scène de Christiane. J'ai essayé de fuir, à nouveau. De reporter. « Ça va, papa, tu n'es pas trop fatigué, tu veux qu'on arrête ? » Et lui : « Non, non, on continue. » Le chat dormait tranquillement à ses pieds. On a continué. La rencontre, au café Chez Rémy où se retrouvaient le jeudi après-midi les garçons et les filles des deux écoles normales, qui n'étaient pas mixtes mais dont les deux bâtiments se jouxtaient. « Et pourquoi tu es tombé amoureux ? » Il a soupiré, n'a pas répondu. Je n'ai pas insisté. « Elle n'était pas heureuse chez elle, elle ne rentrait pas le week-end et, quand on a été mariés, on passait le dimanche chez papi et mamie, jamais chez ses parents. Son père, Fernand, était un brave type, sa mère, Simonne, elle était méchante, aigrie, elle ne pensait qu'à l'argent. Quand tu es née, on a dit en te voyant : "Oh merde, elle ressemble à Simonne !" »

On a ri.

On a continué, l'arrivée en Tunisie, la 2CV aspergée d'eau pour affronter la chaleur, la route pour Sfax, les gens autour des kanouns, les ânes et les burnous, l'inconnu. Les premiers mois à crédit en attendant d'être payés, le vide et l'ennui, il n'y avait rien à faire, les restos, les cinémas, les romanités. Ils allaient dans le désert, trouvaient des antiquités, des verres irisés qui tombaient en poussière au contact de l'air, le bonheur, au début, les enfants, la belle maison, la belle vie. Et puis ça s'est gâté. Elle a dit qu'elle ne voulait plus d'enfants, elle a décidé de faire une ligature des trompes, c'était interdit, elle l'a fait faire quand même, par un chirurgien à Sfax, payé de la main à la main. « Et tu étais d'accord ? — Je n'avais pas mon mot à dire, elle avait décidé. Après ça, elle est devenue folle, a continué mon père, fantasque et aigrie, comme sa mère. — Folle, comment cela ? » Il a répété ce qu'il avait raconté, dix ans plus tôt, dans la maison de vacances. Elle était trop libre, elle riait trop fort, elle se comportait mal, les amis avaient honte quand ils les invitaient. Elle était devenue folle. « Un jour, nous étions partis en excursion dans le désert, pour chercher des romanités, et elle s'est mise à courir pieds nus, dans la rocaille, avec les serpents, les épineux, les scorpions, elle était folle. » Et puis aussi, indice irrémédiable de folie selon lui, elle avait fait tomber dans les toilettes une bague qu'elle avait achetée à Nabeul. « Mais pourquoi ? — Je ne la voulais plus », aurait-elle dit. « Même son père, Fernand – son père, je l'aimais bien, il était malheureux avec Simonne, mais c'était un brave gars –, même son père lui a dit, un été où on était rentrés en France, on était passés les voir, il lui a dit qu'elle était folle, à cause de son attitude, de sa façon de se tenir. Il avait deviné, il lui a demandé si elle prenait la pilule, si c'était pour ça qu'elle se comportait en femme libérée. »

Fofolle, ma Françoise Dorléac qui rit trop fort. Une femme libérée. Ou plutôt un oiseau affolé se heurtant aux barreaux de la cage.

« Elle voulait divorcer, moi, je ne voulais pas. Alors elle a pris des médicaments, on a dû l'emmener à l'hôpital, lui faire un lavement. Elle a dit qu'elle avait un amant, qu'elle partait avec lui. »

Je lui ai demandé à nouveau comment s'appelait l'amant, il a répondu à nouveau avoir oublié son nom de famille. Je n'ai pas insisté. Il voulait continuer.

« La veille de l'accident, le soir, je suis descendu à la pharmacie avec papi. Je lui ai raconté, elle me trompe, elle veut divorcer, surtout tu ne le dis pas à maman. Je ne voulais pas que mamie s'inquiète. Tu parles, je suis sûr qu'il lui a tout rapporté. »

J'imagine l'ambiance dans la voiture, pour aller à Sousse, le lendemain. Le silence, le malaise, chacun et chacune dans ses pensées, chacun et chacune dans ses regrets ? Ou alors des semblants de conversation, des commentaires sur le paysage, des plaisanteries qui sonnent faux ? Comment aurait-elle pu faire semblant, elle, la folle qui riait trop fort, qui courait pieds nus dans le désert malgré les serpents et les épineux, coincée dans un mariage dont elle ne voulait plus, amoureuse d'un type qui niait, ou tellement désespérée qu'elle avait inventé cette histoire pour pouvoir divorcer; lui, le jeune homme pour qui tout s'écroulait, ses parents, avec qui le fils aîné avait rompu, et qui voyaient leur deuxième enfant perdu et malheureux, à cause de cette femme sur le siège passager. Et moi, sur la banquette arrière, entre mes grands-parents, deux ans et quatre mois. Un train, à un passage à niveau sans barrières. « Le soleil et la mort voyagent ensemble », écrit Guy à Geneviève, dans *Les Parapluies de Cherbourg*.

Je ne sais pas quel temps il faisait, le 28 décembre 1971 dans le sud de la Tunisie. Il pleuvait le 26 juin 1967, à 18h30, quand Françoise Dorléac s'est tuée sur l'autoroute Esterel-Côte d'Azur, à hauteur de Villeneuve-Loubet. Elle était en vacances à Vence avec son amoureux et conduisait trop vite, elle craignait de rater l'avion qui devait l'emmener de Nice à Paris, puis à Londres, pour assister à la projection de son dernier film, *Les Demoiselles de Rochefort*, en version anglaise. Il n'est resté qu'un petit bout de permis de conduire, grâce auquel on l'a identifiée. Elle n'a pas pu être inhumée à Cannes, au soleil, et le corps a été transféré à Seine-Port, où elle avait passé son enfance. Pour Christiane, pas question d'être enterrée en Tunisie, et son corps a été transféré à Douchy-les-Mines, dans le caveau familial des Détrez. Pour l'une comme pour l'autre, compte tenu des conditions de l'accident, leur famille n'a eu droit qu'à un cercueil scellé. De l'une comme de l'autre, leur famille n'a plus parlé.

À la fin de l'entretien, mon père m'a demandé pardon. « Mais de quoi, papa ? — De ne jamais en avoir parlé. J'ai cru qu'avec papi et mamie, et puis avec Danielle, vous seriez heureux. » Cela m'a brisé le cœur, j'ai regretté d'avoir provoqué cet entretien, d'être venue avec mon enregistreur, de l'avoir obligé à cela. Il s'était assis sur le bord du lit, on devinait la maigreur des jambes à travers le tissu du pantalon. Lui qui longtemps avait été plus grand que moi s'était voûté, le bras tordu près du flanc par l'AVC. Je ne le voyais que quelques fois par année, il y avait certes de bonnes raisons, nous habitions à 700 kilomètres de distance, je travaillais, j'avais trois enfants, six avec ma famille recomposée. À chacune de mes visites, espacées de plusieurs mois, je refusais de voir la dégradation de sa santé, la peau parcheminée, le corps diminué. Il avait toujours été très maigre, ses côtes saillant au milieu des pans ouverts de la chemise quand nous allions à la mer, à la rivière. Mais ce corps désormais ne dansait plus, *Be-Bop-A-Lula*, se mouvait du lit au fauteuil avec une extrême difficulté. Il flottait dans des habits trop larges, pour que les élastiques à la taille ne le fassent pas souffrir. Son visage, ses bras étaient d'une pâleur cireuse. La voix se faisait de plus en plus rare, épuisée, découragée. Mais je refusais de voir. Parce que restaient la chevelure brune de jeune homme, quasiment sans cheveux blancs, l'éclat facétieux dans ses yeux, et cette passion, intacte, qui lui faisait fouiller le Net à la recherche de je ne sais quel tableau, je ne sais quelle statuette. Parce que, tout simplement, c'était mon papa. Il était assis sur le bord du lit, il ne me regardait pas, il demandait pardon. « J'ai cru que vous seriez heureux. » Je lui ai répondu que bien sûr que oui, nous avions été heureux, que nous étions heureux, que j'étais heureuse. On n'en a plus reparlé du week-end, et on s'est serrés très fort le lundi matin quand je suis repartie. Il était couché, le buste relevé par des oreillers, sa radio calée près de lui. « Merci », lui ai-je dit avec un dernier baiser, tandis que ma mère m'attendait déjà dans l'ascenseur pour me ramener à la gare.

À la fin de l'entretien, mon père a demandé pardon, et j'ai pensé qu'il pouvait partir en paix, qu'enfin il avait parlé. Comme ce que je raconte est vrai, qu'on n'est ni dans un film ni dans un roman, ce n'est pourtant pas la dernière fois que je l'ai vu. Il est mort un an plus tard, en juillet 2018.

Mon père a demandé pardon. Qu'un couple se déchire, qu'un couple se sépare, quoi de plus banal ? Mais comment expliquer la colère, si longtemps après, alors qu'il avait « refait sa vie », comme on dit, alors qu'il était heureux ? Sans doute faut-il imaginer l'époque, ces jeunes hommes confrontés à cette première génération de femmes bachelières, de femmes indépendantes financièrement, ces femmes qui gagnent leur vie, et qui veulent vivre sans avoir à demander l'autorisation d'acheter un rouge à lèvres. Ces femmes qui veulent disposer de leur corps, prendre la pilule, disposer de leur compte en banque – elles datent de cette fin des années 1960, les lois qui ouvrent la voie de l'émancipation : 1965, le droit des femmes à ouvrir un compte en banque et à exercer une profession sans l'autorisation de leur mari ; 1970, la substitution de l'autorité parentale à la notion de « chef de famille » ; 1975, le divorce par consentement mutuel, la dépénalisation de l'adultère (l'épouse adultère encourait une peine d'emprisonnement pouvant aller de trois mois à deux ans, le mari une simple amende, et encore uniquement s'il avait fauté dans le domicile conjugal), et puis, tout aussi incroyable, ce droit à l'intimité, qui permet à l'épouse de ne pas laisser son mari lire son courrier ou décider de ses fréquentations. Ces femmes qui échappent aussi au contrôle des belles-mères – ma grand-mère, Céline, avait fait des enquêtes sur ses futures brus et mon père avait dû renoncer à une première amoureuse parce qu'elle avait découvert un cas de tuberculose dans la famille ; son frère, lui, avait résisté au veto maternel. Pour les hommes aussi, tout cela a été une sacrée révolution, eux aussi ont dû s'adapter.

Dans le refus de mon père à envisager la séparation, dans cette terrible colère durant des années, sans doute y avait-il de l'amour, mais aussi ce sens de la fierté blessée, cette virilité bafouée. Et puis dans ces milieux de la petite classe moyenne industrieuse, où en quelques générations on passe de la mine à l'enseignement, on ne va pas chez le psy, on met un couvercle, on n'en parle plus, et chaque seconde est une pelletée de terre. On pense que si on regarde ailleurs, alors on oubliera. On va de l'avant, c'est l'époque du progrès pour tous, la télévision couleur, le téléphone, les magnétoscopes, les ordinateurs, toujours plus loin, plus vite, plus haut. On y croit, on n'a pas encore peur de la pollution, de la destruction, de la planète essorée, asphyxiée.

Alors oui, la colère, oui, l'honneur bafoué, oui, le choix du silence, avec mes outils de sociologue, je peux les comprendre. Mais pourquoi cette fureur intacte, tant d'années plus tard ?

« Ton père était rancunier », m'a dit Danielle. C'était l'été à nouveau, le premier été sans lui, dans le village du Sud, sans que son absence ait finalement troublé la succession des jours, les soirées tièdes, le ballet des hirondelles sur la rivière, les montagnes au dos rond, les jours qui inexorablement raccourcissent et amènent en pente douce vers la rentrée, quand à nouveau on met le réveil et on oblige les enfants à prendre des douches. Au fil des années, ils avaient grandi, certains ne venaient plus, d'autres passaient, amenaient une bande joyeuse, repartaient, en stop, en voiture, en train, ne laissant que l'écho de leurs rires, et pas mal de mégots et de bouteilles vides. La place de mon père était désertée, son cendrier propre, sa radio éteinte. Alors je passais beaucoup de temps avec Danielle, je lui parlais de mon enquête qui touchait à sa fin. En me disant que peut-être, à force d'en parler de façon naturelle, j'effacerais cette gêne au travers de la gorge, au travers du cœur, de raconter à Danielle mon enquête sur Christiane.

« Ton père était rancunier », a-t-elle répondu quand je lui ai dit que je butais toujours sur cette impossibilité à pardonner. C'était de famille. Elle m'a rappelé l'histoire des deux frères. Ce n'est en effet pas seulement du côté maternel que les liens avaient été coupés. Je n'ai jamais rencontré non plus mon oncle paternel. On ne saura jamais vraiment ce qui s'est passé, mais, sommé de prendre parti entre sa mère et sa femme, qui n'avait sans doute pas apprécié qu'une enquête ait été diligentée à son sujet au moment des fiançailles, mon oncle avait rompu avec la famille. Il n'a plus jamais revu ses parents, et mon père n'a plus jamais revu son frère aîné. Quand ma grand-mère est morte, on a découvert un cahier qu'elle écrivait pour son fils disparu, que le notaire devait lui remettre. Mon père, m'a raconté Danielle, en a lu quelques passages. « Il n'aurait pas dû, mais il l'a fait », a-t-elle ajouté. Ma grand-mère écrivait à son fils qu'à chaque Nouvel An elle attendait sa venue. Elle a attendu en vain. Le fils prodigue n'est jamais rentré. Même après avoir reçu le cahier – l'a-t-il lu ? –, même quand mon père l'a appelé pour l'avertir du décès de leur mère, il a refusé de venir à l'enterrement, et les frères n'ont pas renoué. On est têtus dans la famille. Partisans des méthodes radicales.

Tandis que je m'embarquais dans cette enquête, j'ai commencé moi aussi un cahier, pour me servir de pense-bête, pour noter quand je n'avais pas pu enregistrer, pour avoir l'impression, peut-être, de faire un vrai travail, sérieux, rigoureux. Ne disais-je pas à longueur de cours à mes étudiantes et étudiants qu'il leur fallait tenir un « journal de terrain » ? « On oublie, on croit qu'on va se souvenir, mais on oublie », ne cessais-je de leur répéter, moi qui étais bien placée pour parler d'oubli. « Choisissez-le avec soin, prenez un joli cahier. » Le mien venait de la boutique en ligne du Centre Pompidou, avec en couverture une photo de Cartier-Bresson, *Brasserie Lipp*, datée de 1969. On y voit une jeune femme vêtue d'une mini-robe blanche et de bottes noires qui lui arrivent juste au-dessous du genou. Sur la table, des lunettes de soleil et une bouteille de Vittel vide. Parce que la jeune femme est assise, la robe – peut-être en popeline – lui remonte en haut des cuisses, elle n'y prend pas garde, plongée qu'elle est dans la lecture d'un journal dont on distingue le titre, *Le Monde*. Ou tout simplement parce que cela ne la dérange pas d'être court-vêtue, elle est jeune, elle est belle. Sur la même banquette, une dame plus âgée, plus épaisse, plus habillée puisqu'elle porte un tailleur, la regarde d'un air désapprobateur sous son chapeau cloche. Elle aussi tient un journal grand ouvert : *Le Figaro*. On ne voit pas le visage de la jeune femme, masqué par ses cheveux. Mais avec cette frange et cette coiffure aux épaules, cette désinvolture et ces longues jambes, elle pourrait être Françoise Dorléac.

Je n'avais pas anticipé que ce cahier serait mon « journal ». Il était simplement dans mon cartable le soir où j'ai assisté à la projection des *Tendres plaintes*, un documentaire, sur un autre secret, un autre oubli. Bouleversée par ce que je voyais, par ce que j'entendais, j'ai voulu garder des traces. C'est peut-être là aussi que j'ai compris qu'un livre commençait à s'écrire : quand tout commence à faire écho, quand tout converge, quand tout prend sens, comme si le monde et les gens ne faisaient que vous parler de ce qui vous travaille. La première page de mon cahier est datée du 13 avril 2017 et commence donc par cette phrase de Perrine Lamy-Quique, à propos des cinquante-six enfants ensevelis sous l'éboulement d'un sanatorium face au Mont-Blanc, emporté par un glissement de montagne en avril 1970. Perrine fouille les archives, retrouve les survivants, qu'elle enregistre, qu'elle filme, et elle dit, et j'écris ce soir-là, « faire être ce qu'on a fait disparaître, contre le silence ». Pour elle, il s'agit de ces enfants pauvres, dont on soigne la tuberculose au sanatorium par des cures de silence, mais également de leurs morts escamotées, à peine une stèle pour signaler l'effondrement. Elle dit aussi, et je l'ai écrit dans le cahier, « ramener les paroles dégelées ». L'expression est tirée du *Quart Livre*, de Rabelais :

> Ne vous effrayez de rien. Ici se trouvent les confins de la mer glaciale, sur laquelle s'est déroulée au commencement de l'hiver dernier une grosse et félonne bataille,

> entre les Arismapiens et les Néphélibates. Alors tout gela en l'air, les paroles et les cris des hommes et des femmes, le choc des masses, les heurts des harnais, des armures, les hennissements des chevaux, et tout le vacarme d'un combat. Maintenant que la rigueur de l'hiver est passée, et que reviennent la paix et la douceur des beaux jours, ce qui a gelé fond et se fait entendre.
>
> « Par Dieu, dit Panurge, je le crois. Mais pourrions-nous en voir une de près ? [...]
>
> — Tenez, tenez, dit Pantagruel, en voici qui ne sont pas encore dégelées. »
>
> Il nous jeta alors sur le pont de pleines poignées de paroles gelées, qui semblaient des dragées en forme de perles de toutes les couleurs.
>
> Nous y vîmes des mots de gueule, des mots d'azur, des mots de sable, des mots dorés. Ils fondaient parce qu'ils se réchauffaient entre nos mains, et nous les entendions réellement. Mais nous ne les comprenions pas, car c'était une langue inconnue.

Une des seules choses que je savais enfant, dans cette enfance des années 1970 ponctuée par les diffusions de films de Louis de Funès à la télé, est que le dernier film que mon père avait vu avec Christiane, là-bas en Tunisie, était *Hibernatus*. Parce qu'il refusait de le revoir. Un film de glace dans un pays d'Afrique, où un jeune homme de vingt-cinq ans, Paul Fournier, est retrouvé et revient miraculeusement à la vie, après soixante-cinq ans de congélation au pôle Nord. Pour Perrine, pour moi, il s'agissait bien de faire revenir les paroles gelées, figées dans le silence, les mots de gueule, les mots d'azur, les mots de sable, les mots dorés. Perrine a dit, et j'ai écrit, que les choses reviennent en boomerang. Que certaines personnes qui avaient escamoté la vérité, caché des preuves de la malfaçon des bâtiments, des relevés de terrain prévenant des risques, ont été terriblement touchées ensuite dans leur vie personnelle, notamment par la perte d'un de leurs enfants. J'ai écrit « Papa / silence / AVC, ne plus pouvoir parler ». Il aurait détesté cela, lui qui haïssait les psys.

Sur ce journal d'enquête, il est écrit, à la date du 29 avril, jour de l'entretien avec mon père : « Tout ça pour ça. Il n'y avait rien à savoir. » Il est écrit aussi : « Quand il me parle, il la voit, je ne la vois pas. »

Parce que j'ai fait cet entretien avec mon père, j'ai sa voix dans mon ordinateur. Lui qui ne parlait plus. Que j'avais obligé à parler. Je n'ose toujours pas cliquer sur la petite icône en forme de cône de chantier.

*

J'étais dans le Nord quand mon père est mort. Ma mère avait été opérée du cœur et, comme il ne pouvait pas rester seul, il avait été hospitalisé avec elle. Tandis que l'opération de ma mère s'était très bien passée et qu'ils allaient rentrer chez eux, il a soudain contracté une forte fièvre. Je suis allée les voir, puisque leur venue dans la maison d'été était annulée cette année-là. Son état s'était amélioré mais, la veille du retour prévu, j'ai annulé mon billet, sans doute un pressentiment. Le mercredi, ma mère et moi lui avons rendu visite à l'hôpital, il avait un masque à oxygène et ne parlait plus. Sur une feuille de mon carnet, ce carnet qui est toujours dans mon sac et me sert à noter mes idées, il a griffonné, gribouillé comme il pouvait, lui l'instituteur qui ne pouvait plus ni parler ni écrire. Dans les bâtonnets, j'ai réussi à déchiffrer qu'il voulait sa radio. « On te l'apporte demain, et aussi un stylet, tu pourras ainsi écrire sur le portable. » Au moment de partir, je suis revenue vers lui, « papa, je t'aime ». Il est mort dans la nuit.

Quelques semaines plus tard, j'ai reçu une photo, envoyée par une copine de Christiane du temps de l'école normale. Les filles de terminale sont dans le parc de l'ENF, autour du squelette piqué dans la salle de biologie qu'elles ont revêtu d'une blouse blanche, d'où dépassent ses jambes d'os. Elles rigolent, l'une l'embrasse, l'autre le maintient et une troisième lui tient la main. Christiane est juste derrière celle-ci, elle ne porte pas de blouse blanche comme ses camarades, elle est de profil, en petit pull noir, ras du cou et manches au-dessus du coude, elle regarde le ou la photographe et sourit doucement. J'ai éclaté de rire. Lors de l'enterrement, tandis que le cercueil venait d'être mis en terre, dans le caveau où reposaient déjà mes arrière-grands-parents, mes grands-parents et Christiane, mes frères et moi, devant la tombe, les yeux pleins de larmes, tous les trois main dans la main, avons pourtant plaisanté sur l'accueil que, là-haut, elle devait lui faire : « Alors, mais qu'est-ce que tu as foutu avec les gosses ? Franchement, c'était quoi, cette façon de faire, de ne rien leur dire, de ne pas leur parler, n'importe quoi. Bon allez, OK, tu as quand même assuré, vous ne vous en êtes pas si mal tirés. » Les autres ont dû se demander ce qui nous faisait rire, sans doute ont-ils pensé que c'était déplacé.

Il reste une place dans le caveau familial, et elle est pour Danielle.

10

Le TER roule une petite heure entre Valenciennes et Lille. En ce lundi matin, il était quasi plein. Des jeunes montaient et se retrouvaient au rythme des arrêts, se racontaient leur week-end, riaient au-dessus des écrans de leurs portables, descendaient par grappes. J'entendais les musiques dans leurs écouteurs, têtes reliées par un même fil. Une fille aux longs cheveux s'était lancée dans une manucure, et l'odeur du vernis se répandait dans le wagon. On était en avril, mais dans cette campagne du Nord l'air était encore frais, et la plupart des passagers n'avaient pas encore remisé pulls et blousons. Une jeune femme était montée à Valenciennes, avec un bébé dans une poussette et un autre enfant à la main. Sans doute parce qu'elle était encombrée par la poussette, l'enfant et les paquets qu'elle portait, elle avait préféré rester dans l'espace entre les deux wagons, s'était assise sur un strapontin, bloquant la poussette du pied. Elle parlait fort, criait sur l'enfant qui chouinait, rendant en même temps au bébé sa tétine qui était tombée, après l'avoir frottée d'un air expert sur sa manche. Elle était vêtue d'une courte jupe en jean, jambes nues et sandalettes à talons, sans doute avait-elle été trompée par un rayon de soleil au petit matin sur sa table de cuisine, ou alors c'était sa façon magique d'y croire très fort, à l'arrivée du printemps. L'enfant s'était tu, calmé par un paquet de chips, et elle tapait sur l'écran de son téléphone. Elle ne devait pas être beaucoup plus âgée que les lycéennes à longs cheveux qui plaisantaient en se partageant leurs écouteurs. Je me rappelai soudain, en la regardant, cette fille d'une classe voisine qui, en troisième, était tombée enceinte, tandis que mes copines et moi n'avions toujours pas embrassé de garçons. Qu'était-elle devenue ? Nous ne l'avions plus revue. Et cette autre, dans ma classe de primaire, dont j'avais appris déjà bien longtemps auparavant qu'elle avait brûlé dans la caravane où elle habitait avec ses deux enfants ? « Pauvre gosse », avait dit mon père, qui avait été son instituteur, tandis que je peinais à me souvenir de laquelle exactement on parlait, dans la tripotée d'enfants de cette famille, tous blonds aux grands yeux bleus, et dont les prénoms resurgissaient soudain, Ludovic (ou Frédéric), Christelle, Bruna... « Pauvre gosse », avait dit mon père, lui qui dans sa classe avait vu passer toute l'enfance de ce village inscrit dans le triangle de la misère du Nord, marqué par les fermetures des mines et d'Usinor. Et Valérie, ma copine éphémère de CP, dont mon père m'avait interdit la compagnie parce qu'elle ne travaillait pas bien à l'école et « qu'elle était sale ». Mon père, dans la classe de qui j'ai passé toute ma scolarité de primaire, et qui avait ainsi vue sur mon travail, mon emploi du temps, mes loisirs, mes amis. Et j'avais obéi.

Sans doute parce que, tout à mes pensées, j'avais continué à la regarder, la jeune femme leva les yeux vers moi, méfiante. Je lui souris, elle baissa les yeux sans me renvoyer le sourire, fourrageant dans la sacoche avant de la poussette, et je me retrouvai toute bête, mon sourire forcé accroché au visage. Heureusement, le train entrait en gare, Lille-Flandres, celle de ma jeunesse, accueillante comme l'étaient les vieilles gares, avant que soit construite à quelques centaines de mètres, hall ouvert à tous les vents, la pompeusement baptisée Lille-Europe. La jeune femme à la poussette avait disparu, happée par le flot des passagers qui, soudain, retrouvaient l'allure pressée de celles et ceux qui ont à faire. Au bout du quai m'attendaient deux collègues, chargés de m'emmener au lieu de réunion. Était-ce l'odeur du vernis, la fatigue accumulée, la tension de l'entretien de la veille ? J'avais du mal à émerger, à me concentrer sur la conversation, les soucis professionnels, les inquiétudes structurelles de l'enseignement supérieur, le manque de postes... Assise à l'arrière dans la voiture, je regardais par la vitre, tentant de chasser un début de migraine tapi derrière mes tempes, et c'est sans doute pour cela que je n'ai pas prêté attention à notre destination – des bâtiments modernes, des pelouses, des massifs de rosiers rouges, des salles de classe, des étudiants, des étudiantes, dans les couloirs, autour des machines à café, la routine – et que j'ai passé la matinée dans une sorte de brume, répondant aux questions sur les dossiers qui m'avaient été attribués, avec ce même sourire du matin plaqué sur le visage.

Nous avons travaillé toute la matinée, comparant les CV – il s'agissait de recruter un nouvel enseignant –, avant d'aller déjeuner à la cantine. Et c'est au détour d'une phrase que j'ai compris que j'étais dans les bâtiments de l'Espé. « L'Espé de

Villeneuve-d'Ascq ? — Euh, oui », m'a répondu le collègue, un peu interloqué. Je me trouvais donc dans les bâtiments mêmes qui, quelque part, abritaient les dossiers de l'école normale des filles. Et parmi eux, celui de Christiane. « Vous avez un service d'archives, n'est-ce pas ? — Oui, pourquoi ? » J'ai expliqué, comme je le pouvais, cette recherche que j'entamais, sans bien savoir comment la présenter ni par quel bout l'attraper - était-ce un roman, était-ce une enquête, était-ce une quête ? Un drôle de truc, ce n'est pas très courant de parler de choses si intimes avec des collègues, et combien de fois j'expérimenterais ce décalage entre la question anodine : « Sur quoi travailles-tu en ce moment », et la réponse : « Oh, c'est compliqué à expliquer. Ma mère est morte quand j'avais deux ans », et l'interlocuteur qui se fige, le regard sidéré, je le vois qui s'affole, regrette d'avoir posé la question. « Vous voulez que je vous y emmène après le repas ? » m'a demandé le collègue. C'était si simple. Ce jour-là, juste après le café et avant que reprenne la réunion, tentant de masquer mon excitation, mon impatience, je suis allée aux archives, j'ai rencontré Coraline et ses collègues, Alexis et Adrien - « c'est moi qui vous ai appelée mercredi dernier », et leur surprise : « Comment ça, vous êtes déjà là !? » J'ai expliqué, nous avons ri de la coïncidence, et comme pour toutes celles qui arriveraient, tous ces hasards que je déciderais de lire comme des synchronicités merveilleuses, j'ai aimé m'exclamer que c'était incroyable, que c'était, à coup sûr, un signe. Nous sommes convenus que pour la seconde session du comité de recrutement, programmée un mois plus tard - après avoir sélectionné les dossiers, il fallait auditionner les candidats -, j'arriverais la veille et passerais la matinée dans leur service. « Nous chercherons, nous préparerons tout ce qui pourrait être utile. Rappelez-moi son nom de jeune fille, et la promotion. — Christiane Crotte, promotion 1961-1965. »

Promotion 1961-1965. Sans hésiter. Prenant appui sur une marche pour accéder à la suivante. Chaque certitude s'ajoutant à la précédente.

Le mois a filé, j'avais au cœur comme un rendez-vous. Je suis arrivée la veille, comme prévu, pour me présenter aux archives dès l'ouverture. Je devais dormir chez mon frère Laurent, à Roubaix. Ce même frère qui, lui aussi, avait regardé en cachette les photos dans le grenier de mes grands-parents et qui, quand j'avais évoqué mon projet d'enquête, s'était étonné. « Je ne savais pas que, toi aussi, tu y pensais. » Nous n'en avions guère reparlé, mon frère ayant tendance à éluder le sujet quand je tentais de l'aborder. Laurent et sa femme avaient acheté une maison dans un quartier populaire de Roubaix, une maison tout en hauteur dans une rue de briques, qu'ils retapaient, pièce par pièce, mon frère retrouvant ainsi les gestes de mon père dans notre maison d'été. Sur leur porte, ils avaient laissé accrochée la couronne du Noël dernier, bien que l'on fût en avril, ce qui permettait de la reconnaître facilement, pour moi qui oublie toujours les adresses.

J'ai sonné, un chien a aboyé et mon frère a ouvert, repoussant le chien du pied pour éviter qu'il se sauve. On s'est embrassés, lui le si grand devant se plier vers moi – qui ne suis pourtant pas petite –, avec cette émotion qui nous étreint chaque fois que nous nous voyons. Les enfants sont arrivés, Sandrine également, et dans le joyeux tintamarre, auquel il me semblait que même les poissons de l'aquarium participaient en tournant un peu plus vite, se sont échangées les nouvelles des uns et des autres, le boulot, l'école, les nouveaux travaux, mon frère haussant les épaules quand je m'extasiais devant ses compétences de plombier, électricien, tapissier et plâtrier – « oh, il suffit de regarder des tutos sur Internet ». Mon frère est comme ça, un peu bourru, un peu réfractaire aux effusions. Après le repas, une fois les enfants partis se coucher, c'est lui qui a lancé le sujet. L'Espé n'était pas loin de son travail, il m'y déposerait le matin. « L'Espé, je connais bien, a renchéri Sandrine, qui y avait suivi sa formation pour être professeure des écoles. Tu vas y faire quoi, exactement ? » Je lui ai raconté la réunion prévue l'après-midi et puis, surtout, mon objectif du matin : « Je vais voir si je peux trouver des choses sur Christiane, sur..., sur notre mère. » Laurent ne me regardait pas. « Tu veux que je te montre ce que j'ai déjà ? — Pourquoi pas », a-t-il marmonné, l'air de me faire plaisir, à moi qui semblais tant y tenir. Il fronçait les sourcils, mâchoires serrées, et je peinais à savoir ce qu'il pensait vraiment. « Si, moi, je veux voir, a rétorqué Sandrine, montre-moi. » Je l'ai regardée, la fine, la douce, qui elle aussi avait son fantôme, une grande sœur partie trop tôt. Je suis allée chercher mon ordinateur et je leur ai montré le dossier des archives départementales scanné par Ophélie. Le chien ronflait, roulé en boule sur le canapé, et les poissons eux-mêmes devaient s'être endormis, une fois l'aquarium éteint. Sandrine posait des questions, je répondais, je commentais. Laurent s'était rapproché, écoutait, alors j'ai continué, funambule sur mon fil. « Ah, mais rue Watt, c'est juste à côté, je vois très bien où est l'école maternelle ! » s'est exclamée Sandrine devant l'adresse de la première affectation de Christiane inscrite dans son dossier de carrière. « Tu te rends compte ? C'est fou, tu passes par les mêmes endroits qu'elle, et on ne le savait même pas ! » me suis-je réjouie en me tournant vers Laurent, tout heureuse de cette nouvelle coïncidence. Laurent s'est rembruni. « Oui, on ne le savait même pas, a-t-il rétorqué, alors que, à une heure d'ici, quelqu'un avait tous les renseignements et a décidé de ne jamais nous en parler. » Je savais contre qui s'élevait ce ressentiment. « Tu sais, j'ai fait un entretien avec papa le mois dernier et, à la fin, il a demandé pardon. » Mon frère m'a regardée fixement. « Il t'a demandé pardon à toi. Mais pas à moi. »

Tout au long de cette enquête, j'éprouverais la même gêne à évoquer mes recherches devant lui. Cette impression d'avancer en terrain miné, de gratter les plaies de quelqu'un qui ne m'a rien demandé, de l'obliger à marcher sur des cailloux de colère aux arêtes encore tranchantes, de se déchirer aux chagrins hérissés comme des chardons. Tout comme avec mon oncle, avec mon père, ce sentiment de leur imposer mes interrogations, de leur infliger mon remue-ménage, à eux qui, peut-être, auraient voulu rester tranquilles, avec leur tristesse apprivoisée tant bien que mal, comme un animal dont on sait qu'il ne faut pas trop le provoquer au risque de voir des années d'efforts réduites à néant, au risque qu'il vous bondisse dessus et vous arrache le cœur. J'ai du mal à penser que le fait qu'il s'agisse là de trois hommes soit un pur hasard. Serre les dents, marche ou crève. À mon frère, je choisirais alors de montrer les photos que je recevrais, de les lui envoyer, mais sans lui en demander davantage. Et tout au long de cette enquête, je me demanderais si, à mon tour, je ne confisquais pas le droit à la parole ou au silence sur Christiane. Si je ne faisais pas soudain trop de bruit, avec mes questions et mes livres. Si à mon tour, je ne la prenais pas en otage. Je me demanderais à qui appartiennent les morts. J'y penserais et puis, pour continuer, je ferais mine d'oublier. Je déciderais d'être égoïste.

Le lendemain, quand mon frère m'a déposée devant la grille de l'Espé, il m'a juste souhaité de bien travailler. Je rentrais le soir directement à Lyon. « Je te raconterai, si tu veux, lui ai-je proposé. — Oui, OK », a-t-il acquiescé, et nous nous sommes souri, tandis que je descendais de la voiture. J'ai attendu qu'il ait fini son demi-tour pour lui faire un signe de la main, et j'ai regardé la voiture s'éloigner en soupirant. Tout comme j'avais soupiré quand les portes de l'ascenseur s'étaient refermées après le week-end chez nos parents. Peut-être aurait-il fallu laisser cette histoire où elle était, ne pas insister, à quoi bon ? On était bien, une famille qui s'aime, pourquoi ne pas continuer comme avant ? Mon cartable pesait à mon épaule, avec l'ordinateur, un cahier, les dossiers de l'après-midi. Il faisait déjà bon au petit matin, et des jeunes gens se saluaient sur les pelouses. Il suffisait que je m'assoie sur un banc, que j'aille à la cafèt', que j'attende l'heure du déjeuner et le rendez-vous avec les collègues. Que je retourne à des recherches plus classiques, ce n'étaient pas les sujets qui manquaient, et qu'enfin je laisse les gens en paix. Mais Coraline et Alexis, les archivistes, m'attendaient. Ils avaient sans doute cherché, préparé des documents pour ma venue. De toute façon, il y avait peu de chances que je trouve quoi que ce soit. Tout serait sans doute fini à midi.

J'ai poussé la porte vitrée du bâtiment, retrouvé le couloir, la porte. J'ai toqué, et Alexis m'a ouvert.

L'endroit ne ressemblait pas à des archives telles qu'on peut se les imaginer. Juste une porte comme une autre dans le couloir, ouvrant sur une pièce banale où, entre les bureaux encombrés, une table avait été dégagée pour m'accueillir. M'y attendaient café et petits gâteaux – « ce n'est pas tous les jours qu'on a de la visite », a expliqué en souriant Alexis. Sur la table, des dossiers, des registres. « On a pris un peu tout ce qui a pu nous sembler intéressant sur cette période que vous nous avez indiquée. Regardez, là, il y a son nom. » Il a ouvert un gros cahier à la couverture rigide, encollée de toile verte et où sur l'étiquette d'écolier était inscrit, de cette écriture aussi datée qu'une photo d'époque, « Cahier de textes ». « Elle est là », et il a pointé son nom. Elle a seize ans, c'est encore son nom de jeune fille. Une parmi tant d'autres, la 30e de la liste, entre Crombes Josiane et Dehorter Marie-Claude. La promotion était répartie en trois classes, par ordre alphabétique. Christiane était dans le premier tiers, donc seconde A, et puis, continuait Alexis, impatient de tout me montrer, « elle est là, première B, et là, terminale sciences expérimentales ». Son nom comme dans la liste des notes du brevet, mais cette fois entouré de ceux des filles qui avaient été ses camarades de classe, des filles qui avaient vécu avec elle pendant ces quatre années d'internat, des filles qui l'avaient connue. Parmi elles, cachée derrière ces enfilades de noms et de prénoms, toutes ces lettres en moucharabieh, sans doute la meilleure amie, la confidente.

« Mais ce n'est pas le mieux, a ajouté Alexis, on a trouvé son dossier. Il y a une photo. » Comme un magicien, sûr de son effet, il abat sur la table une chemise cartonnée vert pâle, et là, agrafée au coin en haut à gauche, une nouvelle photo d'identité. Elle a seize ans. Le regard fixe, déterminé, les cheveux sagement coupés au carré, retenus par un bandeau fin en serre-tête. Le front haut, dégagé. Pas de sourire. Rien, absolument rien de Françoise Dorléac. « Merci, merci beaucoup », ai-je balbutié.

J'ai sorti mon téléphone. « Je peux prendre une photo ? — Bien sûr », a répondu Alexis. J'ai tenté de maîtriser mon émotion, de bien cadrer, mais le cliché, dans la mémoire de mon portable, est flou. Alexis, sans doute par pudeur, était reparti à son bureau, je le voyais à peine, caché par des piles de dossiers. En face de lui, Coraline travaillait elle aussi, répondait au téléphone. Je n'avais que la matinée, je devais rejoindre les collègues au déjeuner, puis nous commencerions à auditionner les candidats. Il fallait que je me dépêche. Le printemps tapait à la vitre, les étudiantes avaient sorti les robes à bretelles, les garçons étaient en tee-shirt, ils bavardaient, riaient en groupes sur la pelouse piquée de pâquerettes. Je me suis resservi un café et, à regret, j'ai détourné mon regard de celui de cette jeune fille qui avait été ma mère. Ça y est, j'avais vécu ce moment, qu'allais-je pouvoir en faire ?

Le dossier contenait des feuillets, je les ai lus, un par un. Les bulletins trimestriels de Christiane, pendant trois ans, jusqu'au bac. Les moyennes, son rang, et les appréciations, écrites à la main, forcément. J'ai éclaté de rire, Alexis et Coraline m'ont regardée d'un air interrogateur, et je les leur ai lues à haute voix. On lui reprochait un « esprit confus », son « manque d'habitude de travail », on souhaitait

« que Christiane soit plus calme et plus réfléchie », elle n'était pas assez « maîtresse d'elle-même, calme et attentive », et même, « il serait utile de voir un neurologue à son sujet. L'internat et les études peuvent accentuer ses difficultés ». On lui reprochait de mal se tenir, de mal « se présenter », d'être trop impulsive, de manquer d'ardeur au travail et de discipline, d'être puérile, trop agitée, de n'avoir aucune conscience des exigences et des enjeux de l'examen, de perdre du temps alors « qu'il faudrait lire et réfléchir », et ceci, qui trahit le milieu social d'où elle venait : « Elle affecte une vulgarité de langage qui ne convient pas au métier qu'elle veut faire. »

« OK, mais elle a quand même eu le bac, non ? Et à l'époque, c'était pas rien, a conclu Coraline. — Oui, et j'ai lu que la directrice d'alors était vraiment très sévère », a ajouté Alexis, comme si tous deux se sentaient obligés de prendre la défense de ma mère, injustement accusée de négligence. Peut-être redoutaient-ils une quelconque déception de ma part, alors que, au contraire, je ne pouvais m'empêcher de sourire, de si loin, à cette jeune fille si... vivante. Comme Ophélie qui, quand elle m'avait envoyé le dossier d'institutrice des archives départementales du Nord, avait commenté dans son mail : « Votre maman devait être une très bonne enseignante, d'après les appréciations. » J'ai refermé le dossier, il restait des documents, les planches d'une exposition sur l'histoire des écoles normales qu'avaient montée Alexis et Coraline, je les ai photographiées, et puis un gros registre, l'économat, que j'ai ouvert : tous les menus, jour après jour, du petit déjeuner au dîner. « Je ne sais pas si ça peut être intéressant pour vous, on a sorti un peu tout ce qu'on a pu trouver sur cette période », a reprécisé Alexis. Je l'ai feuilleté, sidérée. J'avais sous les yeux tous les repas servis durant ces quatre années, matin, midi et soir, et les repas améliorés à la Sainte-Catherine, la Saint-Nicolas et avant Noël, je restais fascinée devant des listes de mets, avec les quantités et les prix, et la bière à tous les repas. Au hasard, le 18 décembre 1961, elle a pris du café au lait avec du pain beurré. Au déjeuner, du potage de légumes, du lapin aux pruneaux, des haricots chevriers, des pommes de terre, du hollande et du vin. Le soir, des carottes râpées, des betteraves, de la soupe mimosa, des œufs sauce Mornay, des pommes en robe, du beurre, de la salade, une clémentine. Le mardi 19 décembre 1961, du café au lait de beurre, du pâté de volaille maison, du sauté de veau Marengo, des pommes au jus et une banane. Le soir, de la soupe aux choux, une saucisse de Toulouse, de la purée gratinée, de la salade, du riz au caramel. Le mercredi 20, repas sans doute amélioré, du café au lait de beurre, du Royco, du pot-au-feu, du bifteck, des pommes frites, une bûche de Noël et, le soir, de la mortadelle, du jambon, des pommes sautées, de la salade et une orange. J'étais tentée de tout recopier, de tout photographier, de tout emporter. J'avais les larmes aux yeux, sans comprendre pourquoi, devant cette écriture qui avait consigné ainsi ces détails apparemment insignifiants, mais qui pour moi prenaient un tel sens. Ce qu'avait mangé ma mère, pendant quatre ans. Ce qui avait fait sa chair, son sang, son corps. Combien de temps un corps met-il à régénérer toutes ses cellules, à se refaire de fond en comble ? Dans le corps qui m'avait accueillie, moi petite morula, et puis embryon, fœtus et bébé, est-ce qu'il y avait encore des traces de cette sauce Mornay, de ces haricots chevriers, de cette banane ? Et si on faisait l'archéologie de mes propres cellules, que trouverait-on, jusque quand pourrait-on remonter ?

Le temps avait filé, j'ai pris quelques photos, au hasard des pages. Je devais rejoindre les collègues, pour aller manger, moi aussi. « Je reviendrai », ai-je promis à Alexis et Coraline, le cœur serré à l'idée que la photo de ma mère à seize ans, avec son bandeau dans les cheveux et la détermination de son regard, serait à nouveau remisée, entre le dossier de Josiane Crombes et celui de Marie-Claude Dehorter, dans une boîte, sur une étagère, dans une réserve, quelque part, dans l'obscurité. Porte à nouveau fermée à clé. Ma mère, depuis tant d'années enfermée dans des boîtes, au creux de la nuit.

Je reviendrai. Et ce n'était pas qu'à Alexis et Coraline que je faisais cette promesse.

Désormais, je savais ce que je voulais faire. Ce que j'allais en faire. Au diable mes scrupules, et ce qu'allaient en penser les autres. J'étais libre de faire ce que, moi, je voulais. Tandis que j'avais rejoint mes collègues et que, distraitement, je tentais de maintenir la conversation, tandis qu'ensuite, j'essayais de me concentrer sur les entretiens des candidats, l'évidence se cristallisait. Ce qui compte, ce n'est pas seulement de savoir comment les gens sont morts, à quelle vitesse roulait le train, pourquoi ils ne l'ont pas vu, pourquoi le silence, pourquoi la colère. J'ai regardé furtivement la photo d'identité sur mon portable, j'ai agrandi, hop, deux doigts qui s'écartent sur l'écran et, malgré le flou, j'ai vu l'esquisse de sourire, juste dans le coin des yeux, ou était-ce aux commissures des lèvres, comme pour m'encourager.

Ce n'est pas une histoire triste que tu dois raconter, lisais-je dans les yeux de celle qui alors avait seize ans, qui bientôt sera plus jeune que ma fille cadette, celle qui est morte à la moitié de l'âge que j'aurai bientôt. Celle qui avait seize ans, mais dont il me semblait lire la fierté dans ce regard posé sur moi, comme si, dès l'origine, tandis qu'elle fixait l'objectif du photographe, il m'était adressé. Non, ce n'est pas une histoire triste, pour une jeune femme gaie. On n'écrit pas de livre triste sur quelqu'un qui ressemblait, quoi que les autres puissent en dire, à Françoise Dorléac. Ce n'est pas une histoire de colère et de rancune, d'abandon et de chagrin. C'est une histoire d'amour, une histoire de pardon, de mains tendues et de sourires raccommodés.

Je me suis dit que je devais retrouver moi-même les anecdotes que, si elle avait vécu, elle m'aurait racontées. Partir à la recherche de ses souvenirs d'enfance, du déroulé banal de ses journées, de l'enchaînement ordinaire du quotidien. Il y aurait bien une petite histoire cachée quelque part, son rire dans la foule, son ombre portée, sa silhouette dans un entrebâillement de porte. Construire, à rebours, la mémoire d'elle.

11

À nouveau la vie qui galope. Il a fallu attendre plusieurs mois avant que je puisse revenir, enjamber l'été, laisser derrière soi la rivière puis la rentrée. Mais cette attente m'avait permis d'indiquer à Alexis ce que je voulais qu'il sorte de la réserve. Je lui ai demandé tous les dossiers de la promotion 1961-1965, j'ai recopié tous les noms, tous les prénoms des listes que j'avais prises en photo à ma première visite. Tout ça pour voir si ma mère était vraiment un cas à part, ou si j'allais retrouver sur d'autres bulletins ces jugements catégoriques sur la façon de se tenir, de parler, de travailler, toutes logées à la même enseigne.

Les rosiers avaient été taillés, les feuilles tombaient, le ciel avait la teinte plombée de l'automne. Avec l'air assuré d'une habituée des lieux, j'ai passé la machine à café, les étudiantes et étudiants étaient en blousons et manteaux désormais, j'ai enfilé le couloir – semblable à tous ces couloirs de bâtiments administratifs modernes – où résonnait la voix de la secrétaire de scolarité tentant de résoudre des problèmes d'inscription, et j'ai toqué à la porte « Service des archives ». Alexis m'a accueillie avec un grand sourire. Six mois environ avaient passé, mais rien n'avait changé. Les piles sur son bureau n'avaient pas diminué. « Coraline est en déplacement, mais on t'a sorti ce que tu avais demandé. Le seul document qui ne t'est pas autorisé, c'est le registre de l'infirmerie. Celui-là, il est confidentiel. Tu veux un café ? » On se tutoyait désormais. Ma place avait été préparée, sur la même table que la fois précédente. Une cafetière, et quelques biscuits sur un plateau, arrangés à mon intention. Rien n'avait changé. En fait si, et c'est à ce détail que j'ai mesuré que ce temps qui avait filé en un claquement de doigts pour moi, comme une parenthèse qui me ramenait ici sans qu'aucun événement mémorable soit arrivé, que ce temps avait des effets très concrets : la femme d'Alexis attendait un enfant. « Je vais à nouveau être papa, a-t-il dit fièrement, une deuxième petite fille. » Je l'ai félicité, on a discuté un petit moment. Malgré ma hâte, il me fallait rester polie. Enfin Alexis est retourné travailler et, frémissante, je me suis assise à la table.

Au coin opposé à celui qui était occupé par le plateau, sur lequel j'avais reposé mon gobelet, tant j'avais peur qu'une goutte de café du XXIe siècle n'aille tacher les documents anciens, la pile de dossiers, du même vert pâle, jauni et pelucheux que celui de ma mère. J'ai vérifié rapidement, elle était toujours là, bien rangée cette fois à sa place alphabétique. Je lui ai souri, « coucou, me revoilà, tu vois, je te l'avais promis ». Elle était là, toujours la même photo en noir et blanc forcément, mais qui prenait une tout autre résonnance d'être une parmi tant d'autres, une parmi les filles de sa classe, celles dont elle connaissait le prénom, celles qui connaissaient son prénom et, parmi elles, ses copines, sans doute aussi celles qui ne l'appréciaient pas, qui peut-être s'étaient moquées de son nom – Crotte, quand même, ce n'est pas facile –, qui avaient gloussé, le premier jour de l'appel, et puis, jour après jour, s'y étaient habituées.

Les photos d'identité, en 1961, quand les dossiers avaient été constitués – par la directrice, par une secrétaire ? –, avaient été collées en haut à gauche. Comme avec un jeu de cartes, j'ai étalé la pile en éventail, et elles sont toutes apparues.

C'est le début des années 1960, et sur ces photos d'identité elles paraissent plus âgées que les filles de quinze ans d'aujourd'hui, plus adultes, plus sérieuses, sans doute à cause de cette pose, de ce noir et blanc à la Harcourt qui les auréole d'un avenir glorieux, leur regard déjà un peu au loin, et des coiffures crantées, bouclées, lissées, on imagine la mise en plis réalisée tout exprès. Les photos, c'était quand même encore rare en ce début des années 1960 ; je les imagine dans le studio du photographe, et la fierté des parents : « Nous voudrions une série de portraits, notre fille vient d'avoir le concours de l'école normale. » Elles posent la plupart du temps de profil, regard au loin. Christiane, non. Elle regarde l'objectif bien en face, comme dans la photo au foulard, comme dans la photo aux cheveux courts.

Je ne savais pas ce qui était important et j'avançais au hasard, alors j'ai recopié toutes les informations contenues dans les dossiers. Le nombre de frères et sœurs, leurs âges et leurs prénoms, les professions des parents – le plus souvent du père, ouvrier, employé, mineur, très rares étant les femmes qui, officiellement, travaillaient, elles qui cependant élevaient, nourrissaient, cultivaient, cousaient, cuisinaient, nettoyaient, chez elles et ailleurs –, l'endroit où on pouvait les joindre au téléphone – encore plus rares étaient celles qui avaient un téléphone chez elles, on appelait alors au café, à l'épicerie, chez le curé, chez le voisin, au collège où avait été obtenu le brevet –, et les adresses. Un petit peuple commençait à se dessiner, dans l'énumération de tous ces villages dont les noms dormaient dans ma mémoire, parce que, tous les dimanches de mon enfance, je les avais traversés, à l'arrière de la voiture, pour aller rendre visite à mes grands-parents, ou parce que les conversations familiales les mentionnaient de-ci, de-là. Des noms auxquels je n'avais auparavant jamais prêté attention, qui soudain me remplissaient d'émotion, sans doute parce qu'ils me la rendaient plus proche. La Madeleine, Solesmes, Lourches, Beuvrages, Douchy-les-Mines, Lomme, Caudry, Denain, Phalempin, Wallers, Haveluy... Parce qu'ils témoignaient qu'elle et moi étions faites de la même terre, que nous avions une mémoire commune, les mêmes paysages à l'arrière des yeux.

Me venait aussi en mémoire la litanie des villages du poème d'Aragon, *Le Conscrit des cent villages* :

Angoisse Adam-les-Passavant
Bors l'Aventure Avril-sur-Loire
La Balme-d'Épy Tréméloir
Passefontaine Treize-Vents
Adieu le lieudit l'Île-d'Elle
Adieu Lillebonne Écublé
Ouvrez tout grands vos noms ailés
Envolez-vous mes hirondelles.

La coïncidence n'est pas fortuite. Au réfectoire de l'école normale des filles de Douai, ces jeunes filles prendront leurs repas durant quatre ans sous une tapisserie. Une tapisserie brodée par Lurçat, nommée *Liberté*, inspirée d'un poème d'Éluard. Hasard, mais sont-ce encore des hasards que ces boucles de mots, ces fils sans cesse tissés ? Lurçat a également brodé une tapisserie à partir du poème d'Aragon, *Le Conscrit des cent villages*. Sur la tapisserie de l'école normale sont brodés deux quatrains de *Liberté*, mais malheureusement pas mon préféré :

Sur les champs sur l'horizon
Sur les ailes des oiseaux
Et sur le moulin des ombres
J'écris ton nom

J'aurais adoré l'idée que déjà lui eût été promis que moi aussi, sur les ailes des oiseaux, je broderais son nom à elle pour dissiper les ombres. Lisait-elle les vers qui eux en revanche avaient bien été brodés

Sur la mousse des nuages
Sur les sueurs de l'orage
Sur la pluie épaisse et fade
J'écris ton nom

et ce mot « Liberté » durant ces quatre années, dans chaque plat, chaque verre de bière, tout au long de ces repas dont j'ai les menus ?

Tandis que la pluie fade du Nord zébrait les fenêtres, tambourinait sur les toits, à quelle liberté rêvait-elle ? Mon oncle Raymond, lui, s'est engagé dans la marine, s'est embarqué sur le *Foch*. Partir. Pour Christiane comme pour beaucoup de ses camarades, l'échappée a été rendue possible par les études. Quelle autre possibilité pour une fille ? Le mariage ? Christiane et ses copines devaient bien le savoir, que le prince n'existe que dans les contes et qu'elles ne pourraient épouser que le fils du voisin, un de ces grands dégingandés qui font les fiers au bal du village. Mais sous la tapisserie *Liberté*, tout ça, c'est fini pour elles, elles sont déjà loin. Ce ne sera plus pareil, même si, à l'occasion d'un week-end, elles retournent au bal. Leurs manières ont changé, on leur a appris à se tenir droites, alors elles ne savent plus faire autrement, même quand elles voudraient retrouver leur corps d'avant. Elles ne parlent plus de la même façon non plus, on leur a dit, là-bas, à l'école normale, qu'elles étaient vulgaires, et qu'une institutrice, ça ne parle pas comme ça – c'est écrit dans tous les bulletins que j'ai lus. Et puis, à Douai, à la ville, elles ont rencontré d'autres jeunes hommes, comme Jean-Luc, qui s'habillent autrement, qui parlent autrement, qui écoutent du rock en cachette des pions, qui dansent autrement, même si la plupart viennent de ces mêmes villages. Les jeunes gens qui y sont restés, au village ou dans les courées de Roubaix, travaillent désormais à l'usine, aux champs, à la mine, avant que les dernières ferment. Ils ne savent pas quoi faire de leurs grandes mains, de leurs muscles, quand ces filles-là les regardent, qu'ils ne reconnaissent pas, et parfois, parmi elles, leurs propres sœurs.

Pendant quatre jours, j'ai recopié les bulletins. Je pensais avoir du temps, beaucoup de temps, mais à la fin de la première journée, j'avais à peine réussi à prendre en note quinze dossiers. Il y en avait plus de cent. J'aurais bien sauté la pause repas, mais je ne pouvais rester seule avec les documents. J'ai recopié, tentant de me transformer en mécanique, de ne pas perdre de temps à imaginer. J'essayais de ne pas me laisser embarquer dans les histoires particulières, mais c'était parfois très difficile. Ça bruissait, ça s'exclamait, ça chuchotait entre les pages. Certains dossiers étaient plus épais que d'autres. Outre les bulletins et les relevés de notes du bac, ils contenaient des lettres. Étonnée, j'ai déplié les premières que j'ai trouvées. Et au fil de ces papiers qui n'avaient pas été lus depuis presque soixante ans, se sont réveillées les conversations. J'y entendais presque les voix, les intonations et les accents, à partir de la manière de tracer une lettre, de dessiner une majuscule, aux fautes d'orthographe qui en émaillaient certaines.

Je laissais refroidir le café, je ne regardais plus l'automne à la fenêtre, je levais à peine la tête, je négligeais les biscuits – les manger aurait supposé de m'arrêter, pour ne pas mettre de miettes dans les dossiers. Car si le dossier de Christiane ne contenait pas de correspondance avec la directrice, nombreuses étaient les affaires qui avaient agité l'école normale des filles durant ces quatre années. Je les recopiais, on ne sait jamais, ça peut servir. Je les recopiais, car à les lire, à les écrire, il me semblait voir s'animer la galerie de portraits épinglés en couverture des dossiers, qui soudain prenaient chair et os, se dotaient de personnalités, d'angoisses, et de désirs. Il me semblait que, soudain, c'était ma mère qui me racontait ses souvenirs d'internat, les bêtises de jeunes filles coincées toute la journée, toute la semaine, sauf le jeudi de 13 heures à 15 heures... Quatre cents jeunes filles entre quinze et vingt et un ans, pour la plupart internes, dans un bâtiment situé entre l'école normale des garçons et la caserne, dont les toits donnent sur le jardin arboré de l'ENF, vue plongeante sur les jeunes filles dans le parc, on imagine bien le travail pour les directrices et les surveillantes. Les lettres ramenaient de si loin les petites bêtises et les grands drames, qui sans doute alimentaient aussi les conversations dans la cour de récréation, ou celles du soir, au dortoir. J'imaginais ma mère et ses copines, au réfectoire ou réunies sur le lit de l'une d'elles, ces lits aux parures assorties aux rideaux : « Tu sais que Patricia passe en conseil de discipline ? Jeudi, avec Francine, Annie et les autres, elles sont allées rejoindre des garçons au café Chez Rémy, ils ont joué, des paris, je ne sais pas pourquoi, il faut que tu demandes à Francine, elle a perdu et elle a dû boire une potion, tu parles, c'était un mélange de bière, de savon et de cendres. Elle s'est pris une cuite, elle est tombée dans les pommes et, manque de bol, elles ont été attrapées en rentrant. » Ma mère n'y était pas, son nom ne figure pas sur le procès-verbal du conseil de discipline, peut-être faisait-il trop froid ce jour-là, on est le 6 décembre 1962, c'est la Saint-Nicolas. Elle écoute, elle rigole, elle compatit. « Et Martine ? Tu sais ce que la dirlo a écrit sur son bulletin ? Qu'elle avait une “amitié excessive” avec Annie ! Ah ah, tu m'étonnes, amitié excessive, on les entend toute la nuit, demande à Chantal, c'est leur voisine, elle ne peut pas dormir tellement ça soupire et ça gémit ! » Et puis Jocelyne, qu'on n'a pas vue depuis quelques mois, je sais en lisant la lettre dans son dossier qu'elle a fait une fugue et a tenté de s'ouvrir les veines, l'avait-elle dit à ses copines ? Alexis me confirmera que « oui, il y avait des tentatives de suicide, ça arrivait ». Dans le dossier de Christiane, rien ne mentionne ce que j'apprendrai ensuite par ses anciennes camarades – « on était allées l'attendre à la sortie de l'infirmerie, elle y avait passé un long moment, on avait parlé de TS », « je me souviens très bien, c'était le jour de l'assassinat de Kennedy ».

J'ai passé des jours à recopier tous les bulletins, toutes les lettres, à faire défiler ainsi les semaines, les mois, les années que ma mère avait passés là, avec ces filles de la promo 1961-1965.

J'ai photographié certaines appréciations, certaines lettres, pour garder quelque part, au fond de mon disque dur, la trace de ces écritures, les amorces de ces destinées, ces témoignages anodins et fugaces de l'angoisse d'une mère, des manœuvres d'un père, de la vigilance, de la sévérité mais également de l'attention de cette directrice qui ne s'en laissait pas conter. Mon frère me récupérait à la fin de la journée, un peu sonnée, la nuque douloureuse, les yeux brûlants. Je lui racontais mes trouvailles, forçant sans doute un peu le ton, en rajoutant dans la comédie. Cela m'arrangeait bien d'avoir d'autres histoires à raconter – Patricia, Martine et Annie, Jocelyne, Chantal, Yvette, Pasquala et tant d'autres –, d'autres histoires que celle de notre mère. Christiane, « notre mère », disais-je, et je l'observais du coin de l'œil, il ne bronchait pas, regardait bien droit devant lui en conduisant. « Mais tu vas faire quoi de tout ça ? — Je ne sais pas, pour l'instant, j'accumule, je recopie, je verrai après.

Mais je me dis que tout cela, ça raconte aussi sa vie, tu comprends ? La vie des filles de son époque, de filles de sa classe, de filles qu'elle connaissait. Peut-être qu'elle en a discuté avec elles, avec ses copines, avec ses parents ? Toutes ces filles vivaient ensemble, elles n'avaient même pas la permission de rentrer tous les week-ends, elles avaient quinze ans, seize ans, dix-sept ans, c'étaient des ados, ça m'étonnerait qu'elles n'aient parlé que de boulot. Elles tombaient amoureuses, elle-même a bien rencontré notre père au café. Si ça se trouve, ils y étaient le jour du scandale de la Saint-Nicolas, mais à une autre table ? Peut-être, je ne sais pas, qu'ils écoutaient des disques au juke-box, qu'ils discutaient tous les deux, non, ils ne se connaissaient pas encore, en tout cas ils ne sortaient pas encore ensemble. Tu te rappelles, quand on était au collège, on disait "marcher ensemble". Peut-être qu'ils disaient cela, eux aussi. Et peut-être que d'être là, à l'école normale, malgré tout ce travail pour avoir le bac, ça leur permettait justement d'être ados, ça leur permettait l'insouciance, la musique, le flirt, les paris au café, tandis que leurs anciennes copines de classe, leurs frères et sœurs étaient à l'usine dès leurs quatorze ans. Je me demande comment ça se passait quand elle rentrait chez ses parents, avec le frère qui travaillait dans la conserverie, l'autre sur le *Foch*. Est-ce qu'elle devait aider sa mère au ménage, à la cuisine, la lessive, tout ça, ou est-ce qu'on la laissait tranquille, à réviser, à travailler ? Est-ce qu'elle allait voir ses anciennes copines, ou est-ce que tout ça, c'était fini, plus rien à dire, et les autres également qui la trouvaient changée ? Je ne sais même pas si elle aimait lire...
— Et dans son dossier à elle, il n'y avait rien ? — Non, juste

ses bulletins, que je t'ai lus, mais pas de lettres. À croire que c'était une fille sans histoires. »

Et il a souri.

*

Je n'ai pas de photo de la rencontre de mes parents. Et mon père n'a pas pu en parler. Alors j'imagine. Comme dans *Les Demoiselles de Rochefort*, la rencontre de Solange, jouée par Françoise Dorléac, et Andy, Gene Kelly. Ils se bousculent, elle porte une robe mauve à godets et un grand chapeau fleuri, lui un polo rose et un pantalon crème, elle laisse tomber son cartable et s'en échappent toutes ses partitions. Il s'accroupit pour l'aider à ramasser, confus, leurs yeux se croisent, ils se sourient, leurs mains se frôlent. « Vous êtes musicienne ? » Et puis : « Mademoiselle, votre combinaison dépasse. »

Il est possible qu'elle ait eu une robe mauve, c'est en tout cas une couleur que je retrouve dans les photos que j'ai récoltées. Du cartable, ce ne sont pas des partitions qui sont tombées, peut-être des cours ? « Vous êtes normalienne ? Mademoiselle, votre combinaison dépasse. »

Deux de mes enfants font des études de cinéma. Une des épreuves que mon fils a dû passer pour le concours de son école était une analyse de séquence. Lui qui gentiment se moquait de moi et de ma passion pour Jacques Demy m'a appelée en sortant de l'examen : « Tu n'y croiras jamais, maman, on a eu la séquence de la rencontre des *Demoiselles de Rochefort* à analyser ! » Bien évidemment, il a eu son concours.

12

Comment écrire l'histoire d'une fille sans histoires ? Il n'était pas question d'inventer, de cela, obstinément, j'étais certaine. J'ouvrais des fichiers, entrais ces données recopiées, créais des tableaux, calculais les probabilités d'obtention du bac à l'école normale des filles de Douai en 1965, selon la filière, la profession du père, le nombre de frères et sœurs. OK. Une chose était sûre, je n'arrivais plus à me concentrer sur autre chose, et tout le reste me semblait un obstacle à cette enquête, comme si celle-ci était devenue mon noyau irradiant. J'ai suivi dans l'escalator d'un métro quelqu'un dont le sac en bandoulière portait l'inscription imprimée *Kaporal since 1971*. J'ai pris le sac en photo avec mon téléphone, le cœur battant, et me suis à peine étonnée que la photo ne se soit pas enregistrée. Comme s'il était évident que tout cela était destiné, finalement, à m'échapper. Dans les vide-greniers, à la recherche d'un signe, je compulsais les piles d'anciens magazines. J'ai acheté de vieux numéros d'*Elle*, parce qu'ils dataient de 1966, des *Lectures d'Aujourd'hui* de 1961, des *Petit Écho de la mode* de 1951, des *Bonnes soirées* de 1956, des *Noir et Blanc* de 1964, des *Paris Match* de 1958. Je les feuilletais à peine, je parcourais les titres à sensation, les croquis de mode colorés, les publicités pour le savon Cadum, le Dépuratif des Alpes, la farine lactée Nestlé, Playtex, Rexona. Je les empilais sur une étagère, comme si, par leur présence même, ils allaient infuser dans cette histoire, y ajouter de la couleur, de la réalité, du concret. Est-ce que Christiane les avait lus, est-ce que Simonne les achetait ? Habitué à mes lubies de vide-greniers, Ian ne disait rien, sans doute estimait-il qu'on s'en sortait bien, après ma période vases bleus, suivie de celle des boîtes métalliques illustrées puis des faons en porcelaine, qui donnent, il faut bien le reconnaître, un certain cachet kitsch et hétéroclite à notre intérieur. Au moins, des piles de magazines, ça s'entasse dans un coin. Même si, avec tout ce vieux papier, de petits poissons d'argent se sont mis à courir sur mes étagères, tandis que Ian passait de plus en plus de temps sur son ordinateur et son téléphone. Il s'était inscrit sur Virtual Regatta et enchaînait les tours du monde en solitaire. Il mettait son casque pour écouter ses groupes de rock, lassé sans doute de Barbara et Michel Legrand à nouveau en boucle dans le salon.

J'ai commencé à regarder les dates des chansons que j'entendais, à me demander si elle avait pu les écouter, si elle en connaissait les paroles, si elle les fredonnait. Presque machinalement. À me demander si les goûts et dégoûts de mon père avaient à voir avec leur vie commune. Barbara, Jacques Demy, les comédies musicales, Les Chaussettes noires contre Johnny Hallyday, les Rolling Stones contre les Beatles. J'ai remis les chansons que j'écoutais avant. Un jour que je chantais à tue-tête dans le salon *Ce n'est rien*, un des tubes de Julien Clerc, et que je racontais à mes filles que mon père détestait ce chanteur, qu'il surnommait « la chèvre », instinctivement, j'ai retourné le CD et regardé la date : 1971. J'ai lu attentivement les paroles de cette chanson sur le temps qui passe, et qui efface les départs :

Ce n'est rien,
Tu le sais bien le temps passe, ce n'est rien,
Elles s'en vont comme les bateaux et soudain,
Ça revient,
Pour un bateau qui s'en va et revient,
Il y a mille coquilles de noix sur ton chemin,
Qui coulent et c'est très bien,

et l'air entraînant comme une ritournelle, une femme qui s'envole, comme une hirondelle, non une tourterelle,

Et c'est comme une tourterelle,
Qui s'éloigne à tire-d'aile,
En emportant le duvet qui était ton lit un beau matin,
Et ce n'est qu'une fleur nouvelle,
Et qui s'en va vers la grêle,
Comme un petit radeau frêle sur l'océan...

Des tourterelles l'année où elle meurt, comme les tourterelles dans *Les Demoiselles de Rochefort* avant la mort de Françoise Dorléac :

Envolez-vous, mes tourterelles
Partez, voyagez au long cours !

Puisque ni nos yeux, ni nos discours
Ne vous font plus frémir d'amour
Envolez-vous, mes toutes belles
Bon voyage et belles amours !

Et j'ai imaginé combien cette ritournelle avait pu être insupportable, tout au long de l'année 1971, à celui dont la femme voulait partir, s'envoler comme une tourterelle, une hirondelle, femme oiselle qui y a laissé ses plumes, l'année 1971 où, comme une coquille de noix, un petit radeau frêle sur l'océan, elle a coulé, disparu de la surface de l'existence, sans y laisser grand trace. Qui sait si, comme pour *Hibernatus*, ce film sur le temps pris dans la glace que mon père refusait de revoir parce que c'était le dernier qu'il avait vu avec Christiane, qui sait si ce n'est pas pour une raison analogue que, depuis, il détestait Julien Clerc ?

Mais peut-être que, là encore, j'invente, malgré mes bonnes résolutions. Danielle, que j'appelle tous les soirs depuis le décès de mon père et à qui, après avoir écrit ce passage, je demandai si elle savait pourquoi il n'aimait pas Julien Clerc, ne se souvenait pas de cette détestation.

Que j'invente ou pas, qu'importe, tout devenait signe. Était-ce cette obsession qui me faisait voir des indices partout, ou l'algorithme chargé, au creux de mon téléphone, de me suggérer les contenus censés m'intéresser ? Les chansons, les extraits d'archives qu'exhumait le site de l'Ina auquel je suis abonnée – des interviews de 1965 après les nouveaux droits des femmes, un reportage sur un concours « Fée du logis », une interview des sœurs Dorléac sur le tournage des *Demoiselles*, ou encore les parutions de livres et sorties de films : tout me parlait de ces années-là, tout m'évoquait des enquêtes comme la mienne. L'édition soudain se peuplait d'orphelins ou orphelines écrivant sur leur père ou mère disparue, et même les documentaires me renvoyaient leurs photos en écho. J'ai publié des photos de Françoise Dorléac sur mes réseaux sociaux, façon détournée de partager mon obsession en la faisant passer pour une passion cinéphilique. Je me suis acheté un manteau style années 1960, et aussi une robe, et une jupe, je me suis coupé une frange devant le miroir, ce qui, étant donné mes épis, s'est révélé assez catastrophique. J'ai regardé une photo de Christiane, face au miroir, et essayé de trouver un air de ressemblance dans l'orientation de nos mèches rebelles.

J'en voulais plus, encore plus, toujours plus. L'enquête est une drogue dure.

Je me suis dit que ces jeunes filles qui l'avaient connue, je pouvais peut-être les retrouver. Qu'elles me parleraient d'elle, qu'elles me raconteraient leurs souvenirs, pour que j'y fasse mon nid, moi le coucou dans la mémoire des autres.

Elles ont aujourd'hui plus de soixante-dix ans. Elles se sont mariées, pour la plupart, à une époque où rares étaient celles à penser qu'on n'était pas obligée de prendre le nom de son mari. C'est d'ailleurs quelque chose que l'on m'a souvent répété, au fil des rencontres : que le nom de ma mère était vraiment ridicule – le Simon Dame des *Demoiselles de Rochefort*, effectivement, à côté, c'est de la bagatelle –, mais qu'elle avait davantage de chance que ses frères puisqu'elle, au moins, le perdrait en se mariant. Et comme alors on se mariait jeune...

J'ai commencé par créer un compte sur Copains d'avant. Et un autre sur Trombi.com. Comme les comptes sont nominatifs, j'ai dû me faire passer pour ma mère. J'ai un peu hésité : même si, dans la famille, on n'est pas trop familiers de la culture psy, je me doutais que ce ne devait pas être anodin de s'approprier l'identité d'une mère morte et inconnue. Mais la fin justifie les moyens, me suis-je rassurée. Date de naissance, scolarité recomposée à partir des documents que j'avais récupérés. J'ai mis la photo du dossier scolaire de ses quinze ans. J'ai choisi l'option « premium », il fallait payer mais cela me garantissait d'avoir accès aux messages. Tant qu'à faire, je préférais mettre toutes les chances de mon côté. Sur Trombi, on peut choisir des « souvenirs » pour caractériser telle ou telle ancienne connaissance, en piochant dans une liste d'adjectifs : magique, unique, beau/belle, sympa, sportif(ve), fêtard(e), drôle, chaleureux(se), artiste, intelligent(e), charmant(e), cool. Ça a commencé : très vite sont apparus des qualificatifs sur la fausse page de Christiane, « chaleureuse » (une fois), « unique » (deux fois), « drôle » (trois fois). On peut sourire à ces adjectifs. Mais quand de votre mère vous n'avez jamais rien entendu, sauf des insultes au détour des jours de colère paternelle, des qualificatifs aussi anodins, aussi banals que ceux-ci prennent un relief, une importance inestimables. Des adjectifs élimés, usés peut-être, mais qui soudain vous parlent de celle que désespérément vous cherchez.

J'avais déjà rencontré, quelques mois auparavant, Brigitte, ma marraine et cousine germaine de mon père, avant d'oser interroger mon père. J'étais à Lille pour une conférence sur l'effacement des femmes dans l'Histoire. « Avec sa grande hache », comme dit Perec. Elle et mon père étaient proches. Je savais qu'après l'accident elle était venue passer un peu de temps avec nous en Tunisie. Elle avait forcément connu Christiane. Et puis, j'avais pensé qu'à elle je pourrais poser des questions, qu'elle comprendrait, que je pourrais lui faire confiance. Quand j'étais petite, elle était celle qui habitait seule à Lille, qui m'avait emmenée à la patinoire, ou voir des spectacles de marionnettes. Et surtout, que j'avais entendue dire « vieille carne » à son amoureux, et j'avais trouvé cela tellement fou, tellement érotique, tellement féministe, même si, bien évidemment, je ne connaissais alors aucun de ces deux mots. J'avais toujours gardé d'elle une image de femme libre, drôle, affranchie des conventions. J'étais sûre qu'elle pourrait m'aider.

Nous nous sommes retrouvées à Lille, dans un café près de la librairie où aurait lieu la conférence deux heures plus tard. Je n'avais pas pris mon enregistreur, je voulais seulement lui expliquer mon projet, parler enfin à quelqu'un de la famille. Briser le silence. Elle m'a écoutée, attentive. Elle a sorti de son sac une enveloppe rebondie. « Justement, je t'ai apporté des photos, je me suis dit que ça t'intéresserait. » L'enveloppe contenait un petit album photo publicitaire, cartonné de rouge, estampillé Kodak au dos. Douze intercalaires de papier crissant transparent, contenant des photos. Le mariage de Christiane et Jean-Luc, mon père si jeune, Christiane dans une grande robe blanche, un chignon tarabiscoté piqué de fleurs – ou de papillons ? – de tulle blanc. Des photos de Tunisie, et Christiane souriante dans un couloir. Au verso, en rouge, l'écriture de mon père : *dimanche 22/10/1967. Le couloir. 1re à droite : cuisine.*

2e à droite : salle de bains. 3e : WC. Au fond : notre chambre. 1re à gauche : une chambre (suivie d'une autre). 2e : la salle de séjour. Une photo étrange, sans doute destinée à montrer combien la maison était grande, toutes ces portes laissant imaginer des enfilades de pièces, mais où on ne voit qu'elle, poussée vers le fond par ce jeu de perspective.

Comme de l'autre côté d'un miroir, s'éloignant sans bouger, Eurydice vers laquelle je me retourne ; pourtant, contrairement au mythe, c'est ici la seule façon de la faire advenir, mais plus je tends la main vers elle, plus elle s'éloigne, ce mystérieux sourire collé aux lèvres, essaie, essaie encore.

Des photos d'avril 1972, des photos d'après. Nous sommes toujours en Tunisie, mais ce n'est plus la même maison. « Ton père avait déménagé, il trouvait que la maison était trop chère, celle-ci était sordide, il y avait des cafards partout », commente ma marraine. Ma grand-mère et moi, petite robe bleue et bob, ou sur un vélo, cheveux coupés très court, en salopette éponge verte, Brigitte et Laurent, tout petit, en short rouge, devant le porche d'une maison, on rit, la vie continue. « Ça, c'était après, quand j'étais allée vous voir en Tunisie, pendant les vacances. Je me suis ennuyée, mais ennuyée ! Ton père était d'un ennui terrible, on ne faisait rien, on ne sortait pas, il était sinistre ! » Je n'ai rien dit, mais j'ai pensé qu'il avait quand même quelques circonstances atténuantes, quelques raisons d'être sinistre, sa femme morte depuis quatre mois, et lui tout seul en Tunisie avec ses deux gosses. D'autres photos, plus tard, après le retour en France, à partir du moment où j'ai des souvenirs, où je reconnais les lieux : la table de mes grands-parents, leur tapisserie, le coin où cascadaient les plantes vertes, l'anniversaire de Laurent, 1973, j'ai des couettes et encore un petit nez, un Noël, 1974, mon père a déjà sa barbe fournie, Danielle aide Laurent à déballer un cadeau, dans le fond de la pièce, un père Noël, la vie d'après, la vie normale, la vie heureuse. Dans la pochette, outre les photos, le faire-part où « Christine a la joie de vous annoncer la naissance de son frère, de la part de M. Jean-Luc Détrez et de Madame, née Christiane Crotte, Cité Essourour, Route de Menzel Chaker, SFAX (Tunisie) », et une carte de vœux de 1972. « Tu te rends compte, c'était terrible, on l'a reçue après l'accident. Quand on l'a reçue, elle était morte. » Sur le recto, mon frère et moi, tout sourire. Au verso, l'écriture de Christiane, mon père a juste signé en bas à droite : *Nous vous souhaitons une très belle année 1972*. Coincées entre deux photos, deux coupures de presse jaunies. Des entrefilets dans *La Voix du Nord* annonçant le décès et les obsèques :

> C'est avec peine que les habitants de La Madeleine, en particulier ceux du quartier de La Vieille-Madeleine [...]. Mme Détrez, âgée de 26 ans, était mère de deux enfants [...]. Nommée institutrice à Roubaix, elle était ensuite partie au titre de la coopération en Tunisie [...] son corps sera ramené à Douchy-les-Mines où les funérailles auront lieu vendredi 14 à 10 heures à l'église paroissiale.

« Et elle était comment ? » C'était la première fois que je demandais ça à quelqu'un qui l'avait connue. Dans les quelques secondes de silence qui ont suivi, je me suis dit : « Ça y est, j'ai posé la question. » Quelques secondes où je me demandais ce que ma marraine allait répondre, où j'essayais de composer un visage calme et serein – c'est un projet pour mon travail, je suis sociologue, la preuve, je suis là pour cette conférence, dans une heure. Il n'y a pas eu de déflagration, elle n'a même pas semblé étonnée, ni troublée. L'adjectif qui est arrivé tout de suite : elle était gaie. Elle m'a raconté une anecdote, liée à son nom. Alors qu'elles étaient toutes deux à l'ENF (« Elle était en dernière année, et moi en première année, tu ne le savais pas ? » – non, je ne le savais pas, puisque je ne savais rien) et que son nom faisait rire quand il était écrit au tableau, pour une convocation, ou quoi que ce soit de ce genre, Christiane s'était renseignée pour le changer. Il fallait payer, et elle se serait exclamée que c'était le prix d'un frigo, et qu'elle préférait attendre, vu qu'elle était fiancée – « à ton père », a précisé ma marraine. Elle souriait encore à ce souvenir, s'est excusée que ce soit cette anecdote, triviale, qui lui soit revenue ainsi à la mémoire. Mais voilà, pour elle, cette anecdote, c'était exactement elle, une jeune femme très gaie, qui s'amusait de tout. Et elle a ajouté, avec une drôle de petite grimace devant l'incongruité de l'adjectif : « Cela fait bizarre de le dire ainsi, après ce qui s'est passé, mais c'était une fille très vivante. Une grande fille gaie, une grande fille toute simple. Une chouette fille, pas faiseuse d'histoires. » Cela reviendrait de façon récurrente dans les entretiens. Mais là, c'était la première fois, et cela m'a bouleversée. J'ai respiré un grand coup, et j'ai posé la question qui me taraudait. « Était-elle heureuse d'avoir des enfants ? » Brigitte n'a pas hésité : « Très. Elle vous adorait. Elle t'adorait. » Je n'ai pas trouvé d'autres questions à poser, et même quand ma marraine m'a demandé si je voulais savoir d'autres choses, je n'ai pas su quoi dire. Il n'y avait plus qu'un grand blanc dans ma tête, un peu vidée, un peu sonnée, et ces quelques mots, une « fille gaie », une fille « chouette », « vivante », « elle t'adorait ». Qu'aurais-je donc bien pu désirer savoir de plus ? Ce n'est que plus tard, une fois ma marraine repartie, après la conférence, que je me suis sentie bêtement misérable, avec ces petits adjectifs de rien du tout. Comme des diamants de pacotille qui au grand jour ne sont plus que des bouts de plastique. Des mots en toc. Et surtout, je m'en voulais terriblement de ne pas savoir quelle question poser. Il était là, le paradoxe : à ne rien savoir, je n'avais aucune idée de ce que je voulais connaître. À ne rien avoir, je n'avais aucune idée des mots qui me la rendraient.

Ce sentiment de passer à côté, de la rater, d'échouer encore et toujours à l'attraper, à l'étreindre, je l'ai éprouvé tant de fois dans cette enquête. Quand Yvette, une de ses copines de la promo 1961-1965, m'a ouvert la porte, à Villeurbanne, elle était tellement émue qu'elle s'est mise à pleurer. Et pourtant, très vite, elle m'a dit qu'elle ne connaissait pas très bien Christiane, oui, elle se souvenait d'elle, mais qu'en dire de particulier ? Elle était sympa, elle était joyeuse, une grande fille toute simple. Je les écoutais, Jacqueline, Thérèse, Christiane L., Yvette, Denise, impuissantes à aller au-delà de ces impressions fugaces – et moi, si on m'interrogeait sur telle ou telle de mes camarades de collège, ou même de lycée, que pourrais-je répondre, alors que j'ai pourtant un quart de siècle de moins qu'elles ? Je les écoutais et j'aurais voulu être dans leur tête, avoir accès à leurs souvenirs, voir ce qu'elles voyaient, comme dans un film de science-fiction où, grâce à quelques électrodes bien placées, on peut voir les rêves, visualiser les pensées. Je les écoutais, elles qui avaient l'âge qu'elle aurait eu, et je pensais qu'elles l'avaient connue, qu'elles lui avaient parlé, qu'elles avaient partagé quatre années avec elle. Les mêmes box, avec le rideau de tissu provençal, le même réfectoire, avec la tapisserie de Lurçat, *Liberté*, accrochée au mur, le même parc fleuri de pâquerettes au printemps, et la statue de la normalienne des villes et de la normalienne des champs – elle y est toujours, même si le parc est désormais à l'abandon. Exception faite des provisions que l'une ou l'autre rapportait le dimanche soir et des repas pris en famille durant les week-ends et les vacances, elles avaient mangé la même chose pendant quatre ans. Sans doute s'était-elle plainte aussi des repas, de la pâté à Médor, un hachis parmentier apparemment immangeable, avait-elle plaisanté également – « Où est la viande ? Elle est cachée sous un petit pois ! » –, avait-elle fait partie du chahut, un soir où, vraiment, elles n'avaient pas eu assez à manger ? Elle avait dansé le rock et le twist avec les copines le dimanche soir, il y avait un électrophone dans le foyer et elles pouvaient passer les disques à la mode, jusqu'à l'arrivée d'une nouvelle directrice qui avait jugé que la discipline était trop relâchée et avait serré la vis, réduisant la durée des sorties du jeudi, et interdisant les boums du dimanche soir. Elle aussi, sans doute, devait avoir été étonnée de l'arrivée de ces jeunes filles de l'école normale d'Alger. La guerre d'Algérie, elles en avaient entendu parler dans leur famille, il y avait toujours un grand frère, un cousin qui était parti. Elle aussi a été sidérée par l'annonce de la mort de J. F. Kennedy. C'était le 22 novembre 1963, 12 h 30 à Dallas, 19 h 30 à Douai, elles étaient à l'internat, elles ont appris la nouvelle à la radio, certaines avaient un petit poste, pour écouter *Salut les copains*, diffusée de 17 heures à 19 heures. « Ce jour-là, m'a dit Chantal, elle sortait de l'infirmerie. » Elle aussi, peut-être, a fait passer des mots aux garçons de l'école normale des garçons voisine, par celles qui allaient au cours de chorale, ou qui faisaient allemand, ou encore par les trousses que garçons et filles s'échangeaient quand ils se passaient les bobines de films pour leurs ciné-clubs respectifs, ou encore, par ces fenêtres des chambres du bout de couloir, qui donnaient sur le potager du bâtiment voisin. Elle avait rencontré Jean-Luc, mon père, au café Chez Rémy. Je les écoutais donner chair et vie à ce que j'avais perçu dans le bruissement des archives, Brigitte collée pour avoir fait signe aux soldats de la caserne, Yvette et ses copines collées également pour avoir parlé à un garçon aux portes de l'ENF, et elles riaient, à nouveau jeunes filles de quinze, seize, dix-sept ans, certaines sages et calmes, d'autres malicieuses, pouffant encore de leurs facéties. Sur Christiane, peu de choses précises en réalité. Comme si elle était restée un peu sur le bord des photos, en marge des récréations.

Yvette, quand elle a ouvert la porte, a eu les larmes aux yeux. Chantal, quand je lui ai dit bonjour, a mis la main sur son cœur : « Tu as la même voix. » Annie a trouvé que je ressemblais à ma mère, Jeanne, que je ne lui ressemblais pas du tout.

Personne ne s'est souvenu qui était dans son dortoir, la première année. Chantal, qui partageait sa chambre avec d'autres anciennes de l'école Edmond-Rostand, à La Madeleine, se souvenait qu'un soir elle était venue pleurer auprès d'elles. « Elle pleurait, m'a dit Chantal, elle ne s'entendait pas trop avec les filles de sa chambre. Je ne me souviens plus pourquoi. Je ne me souviens plus avec qui elle était, je suis désolée. » Personne ne se souvenait qui était sa meilleure copine.

J'ai rencontré environ une vingtaine de ces anciennes jeunes filles de sa promotion. D'autres sont restées introuvables, mariées, trop d'homonymes, un déménagement, ou alors, elles aussi, décédées. Certaines n'ont pas ouvert les messages envoyés, d'autres y ont répondu très gentiment : « Votre démarche est très touchante, mais je ne me souviens pas de votre mère. » Ma marraine a appelé une ancienne de sa promo, devenue depuis présidente de l'association des anciennes élèves. Monique lui a envoyé la liste des adhérentes de la 61-65, et Brigitte les a appelées, une à une. Dans le café où nous nous sommes à nouveau retrouvées, elle a sorti une liasse de feuillets, elle avait pris des notes pour chacune des anciennes élèves qu'elle avait eues au téléphone. Nous avions des airs d'espionnes, des airs de petites filles cachottières : « Tu as dit à tes parents que tu me voyais, histoire que je ne fasse pas de gaffe s'ils m'appellent ? — Oui, oui, mais je ne leur ai pas dit pourquoi ! » Yvette et Monique ont fait passer des appels à témoin dans le bulletin des associations, dans *La Voix du Nord*. Jacqueline m'a contactée sur Trombi et s'est lancée elle aussi à la recherche de ses anciennes camarades. J'ai reçu des lettres, des messages transférés : « Malheureusement, je n'ai pas de souvenirs très particuliers d'elle », « Nous n'étions pas proches et elle n'était qu'une camarade parmi les autres, une fille simple et très souriante », « C'était une fille gaie, conviviale, agréable à vivre, bonne camarade, souriante, un peu secrète. Elle parlait de son père et de ses frères. De mémoire, jamais de sa mère. » Et cette information, à deux ou trois reprises : elle aurait fait un séjour à l'infirmerie, un « épisode dépressif », un « petit épisode délicat », bref, « une TS », une tentative de suicide. Et elle serait sortie de l'infirmerie le jour de l'assassinat de Kennedy. « Après cela, elle a été interdite de sortie par ses parents, même le jeudi elle ne pouvait pas sortir, ses parents étaient très durs avec elle », m'a dit Yvette, après avoir eu Dolores au téléphone. Dolores ne voulait pas me parler directement.

Malgré mes relances, malgré mes efforts, les souvenirs s'effilocheraient à trop vouloir les préciser, et les autres n'auraient aucun souvenir de cet épisode.

Des photos arrivaient souvent en pièces attachées aux messages. Et moi qui ne la connaissais pas, j'ai appris à la reconnaître. Elle est là, sur cette photo de classe de première, de profil, en blouse blanche, elle replace une mèche derrière son oreille. Et là, en terminale, au milieu, sans blouse, les cheveux au carré et toujours la mèche derrière l'oreille. Non, là, dans cette farandole, au 8 *bis*, l'aumônerie, ce n'est pas elle, en blanc, contrairement à ce que me dit Bernadette. Et cette autre, elles sont quatre, autour d'une table dans le parc, Chantal, Françoise, Annie et puis elle, sagement penchées sur des livres et des cahiers. Elles révisent le bac.

Un jour de grand doute, où je me disais que jamais je n'y arriverais, que de toute façon tout ça ne servait à rien, que c'était nul, que j'arrêtais tout, que je laissais tomber, j'ai reçu une nouvelle photo de 1962, envoyée par Josiane. J'ai ouvert la pièce jointe, sur mon petit écran de téléphone cette fois.

Elles sortent sans doute du cours de sport, ou elles y vont, celles du premier rang portent un short, et des tee-shirts ou des polos. La photo est en noir et blanc, mais on distingue des nuances de gris, comme autant de traces de couleurs. Christiane est au dernier rang, quatrième à partir de la gauche et, au milieu des polos unis, elle est en tissu imprimé, on ne voit pas bien, des fleurs, des pois, je ne sais pas. Elle regarde bien en face, elle sourit. Et elle fait des oreilles de lapin à la fille placée devant elle. Je lui ai souri en retour. Et j'ai continué.

*

Thérèse aussi avait des photos : une prise en cours de sport et un photomaton. *Concernant Christiane, c'est en 4e année que je l'ai côtoyée, elle m'avait d'ailleurs donné une petite photo d'identité faite dans un photomaton. Je me souviens d'elle comme une fille gaie, agréable, gentille et douce. Elle était heureuse d'avoir rencontré Jean-Luc, son futur mari. Après son mariage, elle m'avait d'ailleurs invitée à aller les voir chez eux, c'était dans la région lilloise, mais où ? Pas moyen de me souvenir.* Il était 21h58 quand j'ai reçu le mail, j'étais dans mon lit. J'ai lu le message sur mon téléphone, et je n'ai pas pu attendre le lendemain. Je suis allée chercher mon ordinateur pour ouvrir les pièces jointes. J'ai d'abord cliqué sur la photo de la classe de sport, comme quand on laisse le meilleur d'un gâteau pour la fin. La photo est sombre, mais elle est là, souriante, le visage tourné comme sa voisine, je ne sais pas qui elles regardent. Brunette, les cheveux derrière l'oreille, les pommettes hautes.

J'ai ensuite cliqué sur le photomaton, et sur l'écran de mon ordinateur est apparu le regard encore, sérieux, yeux dans les yeux. Les cheveux coiffés sur le côté, retenus là aussi derrière l'oreille. Elle pose, l'index au menton, étonnamment moderne.

Dans le ricochet incessant du jeu des ressemblances, là, elle ressemble à ma fille.

13

Il y a une autre raison pour laquelle je n'ai pas abandonné. En cette année scolaire 2017-2018, ma fille Lilia passait le bac. Celle qui, alors âgée de deux ou trois ans, avait déclenché les premières questions, parce que, tandis que je la regardais, que je l'adorais, que je respirais l'odeur de sa peau, que je la contemplais dans son sommeil, les cheveux ébouriffés, que j'accompagnais son insatiable curiosité du monde, elle après son frère, elle avant sa petite sœur, mes trois trésors, mes trois amours, tandis donc que je m'émerveillais de mes enfants m'était venu le besoin impérieux de comprendre cette phrase qu'aurait dite ma mère : « Les enfants, tu peux les garder, les enfants je ne veux plus les voir. » Ma fille avait bien grandi, elle était en terminale, et c'était à elle que ressemblait Christiane sur ce photomaton. En blonde aux yeux bleus. Si je n'ai pas abandonné, à ce moment-là de l'enquête, c'est aussi parce que Lilia avait décidé de passer le concours d'une école de cinéma, la CinéFabrique, à Lyon. Il lui fallait présenter un projet, et Lilia m'avait demandé si elle pouvait consacrer son dossier à mon enquête et m'accompagner pour filmer les entretiens. Au moins, ça servira à cela, m'étais-je dit.

Avec elle, je suis retournée dans le Nord, à nouveau ces noms de villages en écho de mon enfance, Orchies, Boussières-en-Cambrésis, Wambrechies, Haveluy, Marcq-en-Barœul...

Ouvrez tout grands vos noms ailés
Envolez-vous mes hirondelles
Et retournez et retournez.

« Tu vois, c'est ici que j'ai vécu », disais-je à ma fille, qui m'accompagnait pour trouver les traces de ma mère, à travers cette campagne ensuite dévastée par la crise économique. Pourtant, dans les années 1960, on croyait au progrès, le monde se rétrécissait, le rock venait des États-Unis, et on allait marcher sur la Lune. Mes parents sortaient de l'école normale, ils étaient fonctionnaires, deux salaires assurés à vie, et ensuite la coopération, de l'argent, beaucoup d'argent. Avant la désillusion des chocs pétroliers, la France des Trente Glorieuses. Ne pas se retourner, le passé et les décombres, c'est pour la génération précédente, nous, on est l'avenir, aller de l'avant, à cheval sur la fusée !

Presque cinquante ans plus tard, j'avais programmé deux GPS, sans doute pour ne pas perdre le nord, celui du téléphone et celui de la voiture, qui bien sûr se contredisaient quant à la direction à emprunter. Lilia a appelé son projet *Filatures*. Pour l'enquête de détective, toutes les deux sur les routes, le regard à perte de vue, un rideau d'arbres, des clochers, la brume et le ciel bas. Pour le Nord, sa tradition textile, les usines et les courées de Roubaix, et puis la dentelle, ce jeu des vides et des nœuds, des liens et du rien, du fragile et du beau. Pour le fil que l'on tire, et l'écheveau qui se démêle. Pour le fil de l'histoire. Pour le tissu, qui a la même étymologie que « texte ». Pour la robe de mots, la robe d'images cousue à quatre mains pour celle qui avait été ma mère, qui avait été sa grand-mère. Pour tous ces fils, tissés, noués entre ces femmes que nous rencontrions, pour ce raccommodage de notre histoire. Et tant mieux si l'histoire rapiécée se bariolait des couleurs des récits des autres. Un tissu patchwork de souvenirs, pour s'en faire un manteau de princesse. Une tapisserie qui donnerait forme à un visage, comme un calligramme de tous ces mots. Une réparation, avec les cheveux blonds de Lilia en fil d'or, comme dans le kintsugi japonais. Une broderie sur un linceul.

On partait, moi avec mon enregistreur, elle avec son appareil photo caméra et le pied. Je me disais que même si j'échouais à faire quoi que ce soit de ces entretiens, ce n'était pas du temps perdu, puisqu'on était à deux, qu'elle entendait parler de sa grand-mère disparue, qu'elle préparait son projet, que je travaillais pour elle. Cela me reposait, me soulageait. Elle posait le pied, faisait ses réglages, et on commençait. C'est elle qui décidait où je devais me placer, je lui obéissais. Et cette jeune fille de dix-sept ans s'émouvait, souriait des anecdotes dont se souvenaient ces femmes de plus de soixante-dix ans, qui lui racontaient aussi, d'une certaine façon, ce Nord, ce milieu populaire, d'où venait sa grand-mère et d'où, suivant l'élan que mes parents avaient impulsé, je m'étais arrachée. Les études, l'échappée offerte par l'ENF, et puis, racontée par Annie et Jeanne, les copines d'école primaire, l'enfance dans les rues en terre battue de La Madeleine. Christiane passait beaucoup de temps chez Annie, et la mère de celle-ci les emmenait promener, de grandes balades à vélo. « Ce n'était vraiment pas drôle chez elle », a dit Annie. « Franchement, je me disais que je préférais ne pas avoir de mère qu'avoir la sienne », a conclu Jeanne, après nous avoir raconté comment la cheffe Simonne, au centre aéré, humiliait sa fille Christiane, se moquant par exemple de sa façon de chanter : « Tu sais, *Le Tambour*, la chanson de Nana Mouskouri, Tarampapampam rapapampam... », a chanté Jeanne. Annie a dansé. « On devait avoir quatorze ans, et elle avait eu une robe verte, une robe en mousseline verte, et elle était tellement heureuse, "je me suis acheté une nouvelle robe", et elle dansait avec sa robe pour me la montrer, comme ça, regarde, comme ça... tout le temps en train de rire, de sourire... »

À cet instant où Annie s'est levée, a oublié la caméra de Lilia pour danser comme ma mère, j'ai pensé que je devais faire un livre aussi beau que cette image, ma mère à quatorze ans, heureuse et dansant dans une robe de mousseline verte. C'est forcément un hasard, mais le vert a toujours été ma couleur préférée.

Pendant ces quelques jours, nous logions chez Laurent et Sandrine. Devant mon père, venu avec Danielle déjeuner le dimanche, nous avons parlé de notre projet pour la semaine à venir, il nous a posé des questions, il était intéressé. J'ai mis sur Facebook une photo de Lilia et de moi, moi avec mon magnéto, elle avec son appareil photo. Danielle a *liké* la photo. Et je savais que mon père l'avait vue également.

Le soir, après notre journée de travail, nous racontions les anecdotes que nous avions glanées, je prenais un air enjoué, guettant toujours les réactions sur le visage de mon frère. Les enfants écoutaient, puis retournaient à leurs téléphones, à leurs séries, à leurs occupations, demandaient ce qu'on allait manger, fouillaient dans le réfrigérateur. Et pour les adultes, c'était pareil, et c'était bien : l'enquête sans pathos, l'enquête dans le cours de la vie, entre le repas à préparer et les nouvelles des uns et des autres, dans le doux chahut de nos familles recomposées si rarement rassemblées. Je les regardais, tous ces enfants autour de la grande table de la salle à manger, et Lilia parmi eux qui déjà réfléchissait à son montage. Quoi qu'il advienne de cette enquête, cela était fait qui ne pourrait être défait : le secret était éventé, Christiane était entrée dans leur vie, elle y avait désormais sa place. Dans un petit coin, sans grande importance, mais elle était là. Les enfants connaissaient son nom, connaissaient son existence dans leur arbre généalogique. Et pour eux, c'était naturel. De cela, ai-je pensé, je suis fière.

« Oui, oui, on reviendra te voir », avons-nous promis à Jeanne, à Jacqueline, à Christiane, à Thérèse, à Chantal, à Yvette. « Oui, on se retrouve à l'AG en avril. » « Pour Christiane », écrivait Jacqueline aux autres filles de la promo, afin de les convaincre de venir à cette AG de l'association des anciennes élèves, en avril 2018. Rue d'Esquerchin, je suis passée sous le porche, au fronton gravé École normale d'institutrices, je me suis avancée dans la cour pavée. Les mêmes pavés, les mêmes murs de brique, le même porche, avec l'inscription surplombant la sculpture d'une abeille industrieuse, combien de fois les avait-elle vus, elle aussi, au cours de ses quatre années de scolarité ? Les bâtiments étaient condamnés, les fenêtres murées, le parc abandonné. On avait juste droit à une salle, située à l'entrée. Elles étaient une centaine d'anciennes normaliennes, toutes promotions confondues, la plus âgée était presque centenaire. Le long des murs, des vitrines enfermant des animaux empaillés – des oiseaux, une belette, un écureuil et même un renard, crocs en avant, des serpents dans le formol, des papillons épinglés, sans doute du matériel pédagogique. De la promo 1961-1965, elles étaient une dizaine. Depuis leur sortie de l'ENF, presque cinquante-cinq ans plus tôt, c'était la première fois qu'elles participaient aux activités de l'association. « On est venues pour toi, on est venues pour Christiane. » On s'est promenées ensemble dans le parc, elles m'ont décrit : « Là, c'était ma chambre, là, la bibliothèque, là, le foyer où on dansait. Là, les salles de cours. Là, la guérite où on devait signer le registre des entrées et sorties. » Le bâtiment des garçons existe toujours, il abrite aujourd'hui un lycée d'excellence, le lycée Edgar-Morin. La statue – la normalienne des villes, la normalienne des champs – est là, qui marque la limite du parc, la pierre à peine un peu grisée. Elles l'ont retrouvée comme une vieille copine. « Elle a moins vieilli que nous », a plaisanté l'une d'elles. « Regardez, le ginkgo biloba, il est toujours là », s'est exclamée Jeannine. J'ai posé la main sur son écorce, comme pour effleurer, à tant d'années d'intervalle, celle de la jeune fille qu'avait été Christiane. Forcément que de grandir sous un tel arbre, ça fait rêver d'ailleurs, de mers traversées, d'horizons repoussés. Forcément que regarder la ronde des saisons à ses feuilles délicates, ça donne envie d'avoir des robes de toutes les couleurs, malgré le gris plombé du ciel. Forcément que voir l'or qui en tombe se détremper et pourrir en humus, ça prédispose à la mélancolie.

Lilia aussi était venue, elle a filmé. Elle a pris la photo de classe de la 1961-1965, avec moi au milieu. Je reconnaissais les sourires, les regards des filles de quinze ans sur les photos en noir et blanc que j'avais récoltées. Elles riaient de se revoir, après tant d'années, se sont prises par la main. Elles ont échangé leurs numéros, leurs comptes Facebook. Elles se sont appelées, se sont revues ensuite, elles qui, parfois, habitaient dans le même quartier, mais ne s'étaient jamais recroisées.

Lilia a eu son concours. Elle est entrée dans son école de cinéma. Elles en ont été très heureuses. C'était aussi grâce à elles.

« Tu reviendras nous voir, tu reviendras ? » J'ai promis, le cœur serré. De la vie qui file, du temps qui passe, des kilomètres qui séparent. De ces femmes que je vois comme mes grands-mères, et qui ont l'âge qu'aurait ma mère, ma mère au compteur bloqué à vingt-six ans.

14

Mais ce n'est pas fini.

Christiane sort de l'ENF en 1965. Il reste encore six ans. Combien de pages pour six années de vie ?

Christiane épouse Jean-Luc en juillet 1966. D'après les diapos, ils partent en vacances – ou est-ce le voyage de noces ? – en Bretagne. Elle est institutrice en maternelle rue Watt, à Roubaix. Sandrine, ma belle-sœur, m'enverra un matin une photo de l'école, où elle enseigne à son tour, pour une semaine de remplacement. Je ne sais pas ce que Laurent a pensé de cette coïncidence. « J'ai demandé à la directrice, il n'y a pas d'archives », m'écrit-elle. Christiane est nommée pour la rentrée suivante à Denain, mais, en septembre 1967, les jeunes époux partent en Tunisie.

Jean-Luc, pour échapper au service militaire, comme tant d'autres de sa génération qui ne voulaient pas toucher une arme, est parti en coopération, en Tunisie. Christiane a obtenu un détachement, et ils se sont embarqués tous les deux. Même longtemps après le retour, la Tunisie a imprégné mon enfance et mon adolescence. Parce que mon père racontait toujours les mêmes anecdotes – qu'il avait appris la patience parce que, dans les administrations, il attendait des heures et des heures, lui l'Européen pour qui tout devait aller vite ; qu'il avait pris l'habitude de s'habiller de couleurs claires à cause de la chaleur, et les gens le regardaient bizarrement quand il rentrait en France ; qu'au moment de rentrer définitivement en France, parce qu'il ne pouvait changer les dinars en francs et devait donc tout dépenser, il avait marchandé à l'envers, faisant augmenter les prix au lieu de les réduire, et les marchands ne comprenaient pas ce qui se passait. Il avait raconté aussi les enfants à qui il enseignait à l'orphelinat de Bourguiba, certains avaient les yeux crevés, ils n'avaient qu'une tartine de harissa pour déjeuner mais ils la lui proposaient, et mon père en avait encore les larmes aux yeux tant d'années après, ils allaient lui chercher du thé aux pignes de pin dans la médina. Il m'en parlait chaque fois que passait à la radio une chanson, j'ai oublié laquelle, de la BO d'un film avec un enfant aux yeux crevés. Dans ma mémoire, c'était *Porque te vas*, mais j'ai lu le résumé du film – *Cría cuervos*, ça n'a rien à voir. *Cría Cuervos*, c'est l'histoire d'une enfant qui se réfugie dans ses rêves et souvenirs pour retrouver sa mère, je ne vois vraiment pas pourquoi mon père m'aurait parlé de ce film. D'après Wikipedia, *Cría cuervos* vient du dicton espagnol *Cría cuervos y te sacarán los ojos* : « Élève des corbeaux et ils te crèveront les yeux. » Un œil crevé, certes, comme dans le souvenir qu'il me racontait, mais mon père n'avait jamais fait d'espagnol. Il n'est plus là – lui qui m'a élevée – pour s'abîmer les yeux sur ce livre, et moi qui rêve des hirondelles, ne suis-je finalement pour lui que ce corbeau ?

La Tunisie était présente par les mots d'arabe qui émaillaient ses propos – *fissa*, *barakalofik*, et aussi les insultes, *nadinbouk*, *nadinamouk* –, par les poteries et statuettes dans les vitrines du salon, le tapis coloré dans ma chambre, les cabas en jonc, le mortier et le pilon de cuivre, la cage à oiseaux en métal ouvragé, l'amphore sur son pied de fer forgé, par les carottes cuites au cumin servies froides en entrée, par cette expression étrange : « revenir avec une amibe », qui visiblement n'avait rien d'amical, et à cet alien microscopique j'attribuais son corps si maigre, les côtes saillantes et les dents perdues si tôt. La Tunisie était là par l'anecdote des scorpions noirs tués dans le garage, par les photos de l'album d'enfance, la maison à la balustrade de tulipes en fer forgé, le jardin sablonneux où joue le chien, ces photos où sourient mon père, mes grands-parents, mon frère et moi. Ces photos d'où Christiane a soigneusement été éliminée. Par un bracelet d'argent, un bracelet berbère aux gravures quasi effacées, qu'il m'avait donné – « c'était à ta mère ». Il y avait d'autres bijoux, une chaîne de maillons épais, un collier avec des émaux orange. Longtemps je les ai oubliés, longtemps je les ai perdus.

Par les documents des archives départementales, j'avais eu le nom du collège où avait enseigné ma mère, à Sfax. Souk el Zitoun, Marché-aux-Olives. J'ai recherché sur Google, j'ai cherché sur Copains d'avant, j'ai cherché sur Trombi. Rien. Les collèges ont changé de nom. J'ai cherché s'il y avait une association des anciens coopérants de Tunisie. Rien. J'ai écrit aux archives, Nantes, La Courneuve. J'ai reçu un document de soixante-six pages, l'inventaire des archives du service de coopération et d'action culturelle à Tunis (1946-1986), rapatriées au Centre des archives diplomatiques de Nantes en 2007. J'ai épluché les feuilles couvertes de cotes, Plan quinquennal d'expansion culturelle (1962-1968), Francophonie et politique linguistique (1962-1971), Protocole de coopération culturelle entre les gouvernements des Républiques française et tunisienne, Visite de personnalités françaises en Tunisie, Correspondance croisée de M. Alain Bry, conseiller culturel (1969-1974), Invitations, Médailles, des bilans, des rapports, des notes, des statistiques, des synthèses, des fiches navettes, des dossiers de presse, des documents préparatoires, des budgets, des dépêches au départ, des listes, des commissions consultatives, des élections et des exonérations, des plans et des calendriers, mais rien qui m'ait semblé correspondre à ce que je cherchais : une liste des coopérants affectés à Sfax, le discours prononcé par l'ambassadeur en hommage à ma mère.

C'est François, l'ancien copain de mon père, celui qui avait filmé ma mère quelques secondes dans notre jardin de Tunisie, qui a trouvé le fil permettant de dévider la pelote, comme ces laines détricotées qui ressemblent à l'écriture du temps passé. Danielle, dans notre enfance, avait ainsi détricoté des pulls trop petits. De ces pelotes de laine rêche, elle nous avait fait, à Laurent et à moi, de jolis gilets rayés multicolores. Détricoter et recommencer, écrire une nouvelle histoire. J'avais recontacté François après la mort de mon père. Après les condoléances d'usage, et quand je lui avais demandé s'il acceptait l'idée d'un entretien avec moi, pour mon enquête, il avait hésité. Il avait été peiné du silence suivant sa visite. « Peiné, déçu, je pensais que tu serais davantage reconnaissante, et que Jean-Luc me recontacterait. »

J'ai expliqué le secret, le tabou, l'oubli, il est tombé des nues. Je lui ai raconté que j'avais filmé le film, et il me l'a numérisé. Et puis il m'a parlé de mon père, de leur passion pour la musique – c'était le temps du rock contre les yé-yé, des radios pirates, de *Salut les copains*, de leurs années de jeunesse. Ils parlaient voyage, ils étudiaient, François le fils de Clovis et Quitterie, planteurs de tabac sur les parcelles que les propriétaires voulaient bien leur laisser – le tabac permettait en retour d'enrichir les terres en azote –, et Jean-Luc, mon père, fils de Céline et Robert, petits épiciers effrayés par l'arrivée des premiers supermarchés. Tout comme ces années à l'école normale les arrachaient de leur milieu, des inquiétudes sur les fins de mois, les mauvaises récoltes ou la chute de la clientèle, Jean-Luc, François et les autres de la chambrée voulaient quitter le Nord, quitter ces étendues où se perd l'horizon, quitter cette France gaulliste qui craquait de partout et qui les coinçait aux entournures. Le groupe de rock, très éphémère, qu'ils créent avec des copains ne s'appelle-t-il pas Les Polaris, du nom de la fusée lancée par la Nasa en 1960 ? Le monde est grand, et ils regardent devant.

Quand ils se retrouvent par hasard – avec femmes et bébés – sur le pont de l'*Avenir*, le ferry qui relie Marseille et Tunis, ils ont réalisé leur rêve, ils sont partis, tous deux coopérants en Tunisie, Jean-Luc à Sfax, François à Djerba. Et François de me mimer la surprise de la rencontre, avec l'accent du Nord retrouvé, de me mimer, avec cette phrase de ceux qui se souviennent – « je le revois, c'est comme s'il était là, je le vois comme je te vois » – qui chaque fois me bouleverse, parce qu'elle me fait saisir ce que je ne pourrai jamais attraper : la réalité d'un souvenir.

Quand ceux qui se souviennent disent ces phrases, ils regardent juste au-dessus de mon épaule, et j'aimerais alors pouvoir me retourner sans faire fuir les fantômes.

François se souvenait de Christiane – je la vois comme je te vois –, il l'avait croisée sans doute à Douai, puis sur le pont de l'*Avenir*. Michèle, lui et leur fillette Cécile étaient venus passer quelques jours à Sfax, chez nous, en avril 1971. De cette visite datait le super-8. Mes parents ne leur avaient jamais rendu la pareille, et dans la liasse de lettres confiées par François l'une venait de mon père. J'ai reconnu l'écriture, il expliquait une panne de voiture, des frais, l'incertitude concernant le renouvellement du poste de Christiane, bref, pas les moyens de venir pour l'instant. On verrait plus tard. Plus tard, il était trop tard.

François s'est pris au jeu. Il a cherché sur Facebook une page qui correspondrait au collège Marché-aux-Olives. Il a trouvé une association d'anciens élèves du collège technique de Sfax, et a pensé que c'était peut-être l'ancien Souk el Zitoun. En épluchant différents fils de conversation, il a débusqué deux numéros de téléphone. L'un était celui de Neila Souid Trabelsi, qui avait organisé un événement pour l'association. Il l'a appelée, « on ne perd rien à essayer ». Elle a répondu, elle était en cours. « Rappelez plus tard. » Ce qu'il a fait, plusieurs fois – Neila nous racontera ensuite s'être méfiée de ce Français inconnu qui tenait tant à lui parler. Quand enfin et de guerre lasse, elle a décroché, il lui a expliqué. La petite fille, les années sfaxiennes, le collège Marché-aux-Olives, la mère décédée dans l'accident, le secret de famille, l'enquête. Est-ce qu'elle voulait bien aider ? Neila a d'abord hésité. Puis elle s'est dit que tout cela était bien trop tarabiscoté pour être une entourloupe, et elle a accepté.

Le collège Marché-aux-Olives, Souk el Zitoun, s'appelle désormais collège Tahar-Haddad, du nom de cet intellectuel syndicaliste et féministe du début du XXe siècle, fervent défenseur de l'émancipation des femmes, dont s'inspirera ensuite Bourguiba. Neila s'est rendue au collège et a demandé à voir la directrice, Salma Sellami. Avec son téléphone, elle a filmé les abords du collège, la cour, les bâtiments et m'a envoyé la vidéo. À la directrice, Neila a expliqué à son tour ma démarche. La petite fille, les années sfaxiennes, le collège Marché-aux-Olives, la mère décédée dans l'accident, le secret de famille, l'enquête. Est-ce qu'elle voulait bien aider ? « Que Mme Christine me demande comme amie sur Facebook », a répondu Mme Salma. Elle a retrouvé, dans une enveloppe en kraft qu'elle avait sauvée de l'indifférence et de la destruction, des photos anciennes, des coupures de journaux, et un cahier d'écolier dont la couverture portait en mention manuscrite, soulignée à la règle, « Carnet historique ». Elle m'a envoyé les documents, photographiés avec son téléphone. À chaque photo reçue, l'alerte des notifications sonnait. Je les ai scrutées, une à une. D'abord le cœur battant, puis de plus en plus résignée. Rien. Ou plutôt, Mme Bédé, la directrice, des remises de prix, des journées portes ouvertes de ce qui semblait être alors un établissement professionnel, une école de couture. J'espérais reconnaître le visage désormais familier, mais chaque photo était une déception. Les coupures de presse, couvrant telle inauguration, telle visite officielle au collège, dataient des années 1950. Pour ne pas peiner Salma, je feignais la surprise, envoyais de petites émoticônes pour commenter les photos. « Je vais regarder le carnet pédagogique », m'écrit-elle enfin. Et quelques minutes plus tard arrive ce message sur l'écran : « J'ai trouvé le nom de votre mère, je vous envoie la photo des pages. » Année par année avaient été consignés les noms des équipes pédagogiques. Une écriture appliquée, avec les matières soulignées à la règle, et les noms des professeurs par ordre alphabétique. Et pour l'année 1969 et 1970, à D, comme Détrez, le nom de ma mère, comme preuve supplémentaire de son existence, petit caillou blanc, oui, tu es sur le bon chemin. Elle dans la liste, parmi ses collègues.

J'ai recopié chacun des noms, et j'ai cherché. Très vite, j'ai trouvé des avis de décès, Maryvonne et André Boutbien, l'une en 2008, l'autre en janvier 2017. Celles et ceux que je n'ai pas réussi à identifier, tant d'homonymes, et aucune de toutes ces personnes appelées à partir de l'annuaire n'ayant vécu à Sfax, Josette Buron, Guy Morieux. Il y avait pourtant une Josette Buron à Rochefort, j'y croyais dur comme fer, forcément c'était elle, et elle pourrait même me parler du passage de Françoise Dorléac dans sa ville, mais non, le fils a rappelé après avoir écouté mon message sur le répondeur de sa mère, celle-ci était à l'hôpital, elle n'avait jamais vécu en Tunisie. De certaines, je n'ai trouvé aucune trace, Danielle Allary et Monique Lafage. Et, sans doute, écrire ici leur nom est une nouvelle tentative, une bouteille à la mer, sait-on jamais.

Mais d'autres, je les ai retrouvés. Grâce aux traces d'une vie que garde le numérique. Gérard Beauvery, par un article de journal sur Internet, à propos d'une association de réfection de vieux bateaux, sur l'île d'Oléron. Jean-Claude Wattin, parce qu'il a fondé, après sa retraite de cadre chez Seb, une entreprise d'aide et de réinsertion, à la frontière suisse. Claudette Galaup, parce qu'elle a participé à plusieurs concours de bridge, et qu'un très bon ami d'une collègue, président de la Fédération française de bridge, m'a donné son numéro à La Réunion. Danièle Repoux, parce que son mari, après sa retraite, a été quelques années auto-entrepreneur, et que dans l'annonce de la cessation d'activité figurait une adresse. D'après Google Earth, il s'agissait d'une maison individuelle. J'ai envoyé une lettre, et reçu un mail deux jours après, c'étaient bien eux. Claude Suzanne, par l'ancien professeur de piano de sa femme qui avait commenté une publication sur Facebook...

Pendant quelques mois, j'ai passé mes week-ends à sillonner la France. En train, en avion, en voiture. Je partais tous les week-ends, et dès que je pouvais. Le chat râlait ses reproches à 4 heures du matin les nuits où j'étais là. Ian commençait à me regarder d'un drôle d'air, mon sac de voyage était toujours dans l'entrée, je ne le déballais plus entre deux départs. Je sentais à sa voix une certaine lassitude envers mes pics d'enthousiasme et mes gouffres de doute, moi qui, en retour, n'écoutais plus ses anecdotes ou ses soucis de travail. Je l'ai laissé aller seul à des anniversaires de copains, car j'étais fatiguée de trop voyager, ou parce que j'avais prévu un entretien à ce moment, et qu'à choisir c'était forcément l'entretien qui l'emportait. Je bâillais devant les séries le soir – « Je reste à ma table, mais je regarde en même temps », lui disais-je en mentant, absorbée par mes recherches, je restais éveillée tard, à chercher je ne sais quelle piste sur mon ordinateur, me réveillais à l'aube les samedis et dimanches et l'entendais se retourner en grommelant tandis que je tentais de me lever en silence, renversant un livre, tapant dans une chaussure abandonnée, faisant grincer les gonds de la porte de la chambre, marchant sur la queue du chat. Les enfants me trouvaient distraite, toujours ailleurs. Je ne les écoutais plus, et ils devaient poser plusieurs fois leurs questions avant de parvenir à m'arracher une once d'attention. J'essayais de parler d'autre chose que de mon enquête, de ses avancées, de ses piétinements. À peine avais-je trouvé un indice, un contact, que j'en voulais plus, que déjà je regardais les horaires des trains, que je me perdais dans l'arborescence d'Internet. Il n'y avait plus de projet de week-ends, ni de vacances, hormis les sacro-saintes semaines au pied de la déesse allongée, au bord de la rivière. Je voyais des signes partout, comme autant d'encouragements; ils se contentaient de hausser les épaules, et je leur en voulais. « C'est complètement incroyable, non ? » Comme quand je suis rentrée d'un cours de danse bouleversée, transportée, car une nouvelle était entrée, et que, « mais si, je te jure, elle a exactement le visage de ma mère, tu sais, ce regard fixe, ces yeux un peu enfoncés. — J'espère que tu ne lui tournes pas trop autour et que tu ne lui as rien raconté », a juste commenté Ian en soupirant. Comme la baguette magique de la Fée des lilas qui donne quelques signes de faiblesse, ma fantaisie et ma tendance obsessionnelle, qui sans doute avaient contribué à le séduire, perdaient un peu de leur pouvoir et commençaient même à sérieusement l'exaspérer. Je le devinais, je le sentais, mais je n'avais nulle envie de faire machine arrière, comme une mécanique lancée dont on ne peut entraver la trajectoire.

Peut-être qu'effectivement je perdais pied. Les sirènes dans la mythologie grecque ont un corps de femme, et des ailes d'oiseau. Ma sirène était muette, mais c'est son regard qui me fascinait. Le passé m'enjôlait, me captivait, me raptait, moi la fille de la génération du progrès, la fille des baby-boomers qui ne croyaient qu'en l'avenir.

Je suis allée sur l'île d'Oléron, en plein week-end de barrages des « gilets jaunes ». J'avais proposé à Ian de venir avec moi, histoire de ne pas le laisser tout seul une fois de plus. « Ce sera l'occasion d'un séjour à la mer, on ira voir les bateaux. » Nous avions loué une voiture à l'aéroport de Bordeaux, et nous avons mis près de neuf heures pour arriver à Oléron – plus de trois fois le temps prévu. La tension dans l'habitacle de la voiture était à son comble, je le regardais du coin de l'œil, qui conduisait, mâchoires serrées. Pourtant, dans le lecteur de CD, je ne mettais que ses disques rock, je n'ai pas proposé Barbara, ni Michel Legrand. Nous sommes arrivés tard, j'ai fait mon entretien, il pleuvait le lendemain, nous sommes repartis tôt au cas où il y aurait eu à nouveau des barrages aux ronds-points : nous ne sommes pas allés voir les bateaux. Les fois suivantes, je ne lui ai pas proposé de m'accompagner. À Saint-Germain, à Angers, à Saint-Julien, à Albi. J'ai été invitée à déjeuner, à dormir, à rester, à revenir. « Tu as l'âge de notre fille », m'a-t-on souvent dit. Ils avaient l'âge de ma mère. J'ai vu les photos en noir et blanc du Sfax des années 1970, les tresseuses de couffins, les pêcheurs de mérous, les rémouleurs, les échoppes de la médina, les bocaux d'olives et les bouquets de jasmin, la viande aux crochets, les poulpes alignés sur une rame posée en travers, les burnous foncés et les haïks blancs, dont les femmes rabattent un coin sur leur bouche, les ravages de la grande inondation, les oueds sortis de leurs lits et la route finissant dans l'eau, la voile triangulaire des barques dans le port de Sfax, le Café de Paris, le restaurant Triki, le Bec fin et l'Hôtel Mabrouk – « c'étaient les plus belles années de notre vie », ont-ils dit. C'était la liberté. Ils avaient de l'argent, même la solde de militaire permettait de vivre confortablement, et que dire alors du triple salaire quand ils prolongeaient leur contrat après les dix-huit mois de service ? Ils voyageaient, ils sortaient, et souvent y sont nés les premiers enfants. Ils avaient des bonnes, et même ceux qui étaient arrivés avec leurs idéaux de gauche y avaient été contraints, on était obligés, et on ne pouvait pas les payer trop cher, sinon on nous reprochait de casser le marché, m'ont-ils dit. Ils se souvenaient de leurs prénoms, Mabrouka, Lorah, Myriam, Djamila, Halima, Shemama. Je pensais à Fatma, la jeune femme qui nous avait élevés, Laurent et moi, qui était restée avec Laurent à la maison le jour de l'accident, qui s'était mise à pleurer et à qui mon père avait dit : « On ne parlera plus jamais de Madame. » Fatma dont j'ai une photo, je suis sur ses genoux, elle est en courte robe blanche, et ma peau claire tranche sur la sienne, plus foncée. Ma grand-mère s'appuie sur le dos de sa chaise et sourit. Derrière nous, des guirlandes de Noël, les contrastes de la photo se sont estompés et je n'arrive pas à voir si l'arbre sous les décorations est un sapin. La photo a dû être prise quelques jours avant l'accident, ma grand-mère n'aurait pas ce sourire éclatant sinon. Mon père n'avait pas su me dire le nom de famille de Fatma.

Sans doute est-elle aujourd'hui grand-mère à son tour, et jamais je ne la retrouverai.

« Et Christiane ? » Gérard, Claude, Jean-Jacques ne se souvenaient absolument pas d'elle et en étaient vraiment désolés. Tous trois enseignaient la technologie, Gérard était jeune marié, Claude et Jean-Jacques encore célibataires. On ne restait pas dans la salle des profs, on venait faire cours et on repartait. Danièle et Claudette l'ont croisée – « mais tu sais, on avait nos enfants, les congés maternité, et puis, avant l'accident, on n'a pas eu le temps de devenir vraiment amies ». Mais c'est Christiane qui a emmené Claudette chez les bijoutiers dans la médina, et au marché de fripes, des surplus américains qui venaient de San Francisco, et je revois cette veste en daim dont mon père m'avait dit qu'elle venait des fripes de Sfax, et que Lilia, après moi, a également portée. Christian et Clo ont racheté à mon père notre caravane, après l'accident. « C'était pratique, ça permettait d'aller passer la journée à la plage, les enfants pouvaient dormir. » Dans leur maison j'ai retrouvé la cage à oiseaux ouvragée, les pilons de cuivre, les tapis colorés et les poteries de mon enfance. J'ai feuilleté l'album photo de Claudette, elle a les cheveux coupés très court. « C'était la mode, on s'était toutes fait couper les cheveux très court. » Comme sur la photo médaillon que j'ai récupérée à la mort de ma grand-mère, la fameuse cheffe Simonne à laquelle paraît-il je ressemble, la mauvaise mère qui aura vu mourir trois de ses quatre enfants et qui s'était fâchée avec le seul encore vivant. Elle avait toujours cette photo dans son petit cadre de cuir sur sa table de chevet à la maison de retraite ; avant, le médaillon était posé sur la télévision et on devait faire très attention à ne pas le faire tomber, m'ont raconté mes cousines. « L'accident nous avait beaucoup marqués, ça, c'est certain, une si jeune femme, avec des petits enfants. » Cet accident associé dans la mémoire de Danièle à cet autre drame, chez d'autres coopérants, un berceau trop près du kanoun, qui avait pris feu. L'enfant s'appelait Olivier, et les élèves étaient très fiers que leur enseignante ait choisi ce prénom pour son fils, ils pensaient que c'était à cause d'eux – Olivier, Zitoun, Souk el Zitoun, Marché-aux-Olives. « Je me souviens de l'odeur, l'odeur de l'huile d'olive, c'était une odeur très forte, il m'a fallu du temps pour m'habituer. » Quand j'ai rapporté les propos de mon père – « il disait qu'elle était trop libre » –, Clo s'est penchée vers moi et, doucement, a mis sa main sur la mienne : « Mais moi aussi, j'étais libre, c'était l'époque, on était jeunes. » Quand, comme aux autres, j'ai raconté le mystère de l'amant – avait-elle un amant, n'en avait-elle pas, et les seuls indices, « il s'appelait Francis, sa femme s'appelait Annie, elle était coiffeuse » –, Clo et Christian ont laissé échapper un nom de famille, se sont repris, gênés. « Ne vous en faites pas, je ne vais pas aller le rechercher », les ai-je rassurés. J'ai répété le nom toute la soirée dans ma tête pour ne pas l'oublier, et je l'ai noté sur un papier – j'avais négligé de prendre mon carnet – le soir, dans la chambre qu'ils avaient préparée pour moi. Je l'ai quand même cherché sur Internet, mais je ne l'ai pas trouvé.

Je n'écris pas ce nom ici, ils avaient vingt-cinq ans. Il a nié, il était marié.

Depuis, j'ai perdu le papier.

Pendant tous ces mois à collecter les souvenirs de coopération, j'ai regretté que mon père soit mort, et de ne pouvoir lui raconter. J'ai regretté d'avoir commencé si tard. Parfois, par réflexe, arrivait cette pensée que j'allais l'appeler pour lui raconter un détail, lui demander une précision, lui montrer une photo – la voiture de Claude Dufetel tombée dans le port de Sfax, il nous en avait parlé, non ? Quand ils allaient manger au resto, choisissaient-ils plutôt le Triki ou le Bec fin ? Pour la plage, c'était plutôt Chaffar ou Chebba ? J'imaginais ses yeux malicieux tandis que je lui aurais raconté ces anecdotes. Je suis sûre que tout cela, finalement, l'aurait beaucoup amusé.

*

Sur la photo que j'ai scannée d'une diapo, Christiane est debout sur le bastingage, sur le pont de l'*Avenir*. On part en Tunisie, ou on en revient, juillet ou septembre 1970, car au renflement de la robe, on devine qu'elle est enceinte. Elle me porte du bras gauche, et la laisse de la chienne, Kikinne, est enfilée à son poignet droit, un cairn terrier qui m'avait, paraît-il, mordue au nez parce qu'elle était jalouse de moi. Pendant toute mon enfance, nous aurons des cairn terriers, et à Kikinne succéderont plusieurs chiennes, toujours nommées Nolly. Je suis habillée de blanc, malgré la surexposition de la photo on distingue un imprimé à pois sur mon pull, et ma mère est en bleu ciel. Une robe avec un empiècement devant, et qui s'élargit ensuite en godet. Si on était dans *Les Demoiselles de Rochefort*, ce serait un autre tissu qui viendrait trancher avec le bleu dans l'empiècement, mais là non, ce n'est que le pendentif de son collier qui décore la pointe de la découpe. Elle a les cheveux coupés au carré, reflets auburn, les mêmes que sur la mèche qu'elle m'a coiffée sur le côté. Elle sourit, les yeux plissés par le soleil. Je suis toute potelée, la bouille un peu étonnée, ma menotte posée sur la sienne, qui me tient solidement. Elle sourit à mon père qui prend la photo, un sourire franc, sincère, pas ce sourire flottant et le regard fixe des dernières photos. C'est encore le temps des sourires, le temps de l'amour.

Parce que j'agrandis la photo pour voir cette petite main, je distingue le bracelet à son poignet. Le bracelet berbère en argent, aux inscriptions presque effacées.

(EN) FINIR

15

Ceci n'est pas un roman. Depuis le début, le pacte est clair, je raconte mon enquête, et tout ce que j'écris est vrai. L'accident, le silence, les recherches, les trouvailles et les échecs. Les hasards, les coïncidences. La vraie vie est souvent prolixe en coïncidences incroyables, au sens fort du terme. Tellement incroyables que si on les lisait dans un livre, si on les voyait dans un film, on soupirerait en levant les yeux au plafond : « OK, OK, mais bon, c'est quand même un peu gros ce qu'elle veut nous faire avaler là. » Avant cette enquête, j'avais déjà vécu des coïncidences trop romanesques pour figurer dans un roman. Peut-être qu'un calcul de probabilités démontrerait qu'il n'y a là rien que de très ordinaire. Ce qui finalement rend la vie extraordinaire. Dans *Ma nuit chez Maud*, de Rohmer, l'ami de Jean-Louis s'étonne de leur rencontre inopinée à Clermont-Ferrand, quatorze ans après qu'ils se sont perdus de vue : « C'est tout à fait normal », lui répond celui-ci qui, certes, étudie les probabilités dans ses moments libres, chacun son truc, et qui, sans le savoir, épousera l'ancienne rivale de Maud, qu'ils recroiseront, « par hasard », cinq ans plus tard. « Vous venez souvent à Clermont ? — Jamais. — Vous venez souvent à Toulouse ? — Jamais. — Alors à dans cinq ans. » Des coïncidences ont également émaillé le cours de mon enquête. Là aussi, la loi des probabilités n'y verrait que confirmation rationnelle de ses principes, et tant mieux si les mathématiques et la vie sont merveilleuses.

Alors, comme une collection de papillons, comme un herbier de fleurs séchées, comme une composition de morceaux de verre polis par la mer, voici les coïncidences qui m'ont émerveillée, même si je sais que, comme les ailes poudrées, comme les pétales colorés, comme les cailloux que l'on sort de l'eau, à les écrire, les coller sur le papier, en pattes de mouche, en caractères noirs sur la feuille, ils perdront sans doute de leur éclat magique et ne paraîtront peut-être qu'anecdotes sans importance.

Jeannine d'abord. Dans le classeur de la promotion 1961-1965, j'ai trouvé son dossier. Dans le visage de la jeune fille de quinze ans épinglé en haut à droite, j'ai reconnu la dame que j'avais connue enfant, qui, avec son mari, était venue déjeuner plusieurs fois à la maison. Ils étaient respectivement conseillère pédagogique et inspecteur, et connaissaient très bien mon père et Danielle, sans savoir du tout que Jean-Luc avait été marié avec Christiane. Mais Jeannine ne se souvenait pas de Christiane.

Annie ensuite. Dans la 1961-1965 également, j'ai longtemps cherché Annie Boitel. Elle venait du même cours complémentaire que Christiane, avait partagé la chambrée de Josiane et Chantal, qui l'avaient évoquée comme « celle qui n'avait qu'à lire ses cours pour s'en souvenir », et qui « lisait des livres gros comme ça ». Les bulletins d'Annie, première tout au long de sa scolarité à l'ENF, étaient d'ailleurs dithyrambiques, ce qui l'avait menée jusqu'à l'école normale de Fontenay-aux-Roses. Fontenay est ensuite devenue Fontenay-Saint-Cloud, puis l'ENS de Lyon, où j'enseigne. D'une école normale à une autre, je voulais retrouver Annie, comme un des maillons entre Christiane et moi. Par l'association des anciens élèves, en retour de mail, j'ai appris qu'Annie était effectivement entrée à Fontenay en 1965, qu'elle était agrégée d'anglais et avait enseigné au lycée. Et qu'elle avait épousé Paul Arnould, professeur de géographie à l'ENS de Lyon, un de mes anciens collègues. « Annie est bien mon épouse, et elle se souvient de Christiane », m'a écrit Paul en réponse à mon message. « On devrait davantage se parler entre collègues », a-t-il ajouté au téléphone.

Rien de bien exceptionnel ? Continuons alors : c'est grâce à Neila que j'ai retrouvé le collège Souk el Zitoun, sa directrice, son carnet historique et la liste des collègues coopérants de Christiane. Neila s'était passionnée pour l'enquête. Elle en racontait les péripéties à sa famille quand sa sœur cadette s'est souvenue d'une cousine, à laquelle elle avait rendu visite l'année précédente et qui lui avait montré sa photo de classe. Les photos de classe d'alors, de là-bas, ne ressemblaient pas aux nôtres, où les élèves posent en plusieurs rangées. Les photos de classe tunisiennes des années 1960 s'organisent en magnifiques compositions géométriques, où sont collées les photos d'identité des élèves, et des enseignants et enseignantes qu'ils apprécient. Plus le ou la professeure est aimée, plus haut est placée sa photo. Aïcha avait précieusement gardé sa photo de classe et, parce que le dessin était joli, une sorte de cœur irradiant de rayons où étaient disposées les vignettes, la sœur de Neila l'avait photographiée avec son portable. La photo de classe date de 1969-1970. Aïcha était en seconde A7, au Marché-aux-Olives. Tout en haut à gauche, à l'extrémité d'un rayon partant du cœur, un visage sérieux, une raie au milieu, un chignon postiche, avant la mode des cheveux courts. La légende : Mme Détrez. Ce même regard, déjà vu sur la photo d'identité du dossier de l'école normale, ou sur la photo du cadre en cuir de ma grand-mère, le regard fixe, déterminé.

La petite sœur de Neila a un magnifique prénom. Et encore une fois, je jure que je n'ai rien inventé. Elle s'appelle Hazar. C'est ainsi par Hazar que j'ai retrouvé Aïcha, une ancienne élève de ma mère. Et j'entends en écho Françoise Dorléac, la Solange des *Demoiselles de Rochefort*, hausser les épaules et me lancer – comme à Maxence tout fier de son calembour « je pars en perm' à Nantes » – que c'est de l'esprit à quatre sous.

Neila est allée voir Aïcha. Elle a filmé la maison perdue dans la campagne, la piste ensablée. Aïcha n'a pas poursuivi ses études, elle ne s'est jamais mariée et s'est occupée de ses parents toute sa vie. Dans l'enregistrement que Neila m'a envoyé, on entend les cris de la mère d'Aïcha, atteinte d'Alzheimer. Aïcha a oublié le français, elle parle en arabe, et Neila traduit. J'entends l'étonnement, la tristesse d'apprendre que Mme Détrez est décédée, d'abord en tunisien, les lamentations, et puis ensuite dans la voix de Neila se faisant interprète. « La douce, la gentille, la si belle, je ne peux croire qu'elle est morte. » Des anecdotes. « On allait dans la cour, elle nous montrait les fleurs, un jour elle a amené sa petite fille, parce qu'elle devait faire cours et n'avait personne pour la garder, on a joué avec elle dans la cour pendant qu'elle faisait classe à l'étage, la petite fille était belle comme une poupée, et puis Mme Détrez, elle avait ce geste toujours pour remettre ses cheveux derrière l'oreille, elle faisait comme ça, on l'aimait, elle était douce, elle était belle, un jour, j'ai dit à ma copine : "Comme elle est belle, Mme Détrez !" - écoute bien, Christine, écoute, dit Neila qui traduit, qui rembobine un peu l'enregistrement et qui recommence, écoute bien -, et Mme Détrez a entendu, elle s'est approchée, elle a mis la main sur mon épaule et elle a dit... - écoute bien, Christine, c'est comme ça que parlait ta mère », et Aïcha soudain parle en français, et sa voix a changé, elle imite une voix plus haut perchée, une intonation qui chante, et dans sa voix, soudain c'est ma mère : « Mademoiselle Bouzid, parlez en français, s'il vous plaît. » Et Aïcha rit, et Aïcha répète, deux fois, trois fois, cinq fois : « Mademoiselle Bouzid, parlez en français, s'il vous plaît », et Aïcha a de nouveau quatorze ou quinze ans, elle est au collège, elle est avec ses copines, avant d'arrêter l'école, et ma mère lui parle, ma mère me parle.

Je suis allée en Tunisie. J'ai rencontré Aïcha. Elle m'a offert un bouquet de roses, des jaunes, des roses, des rouges. Elle avait choisi les couleurs en se souvenant des robes que ma mère portait. « Elle avait toujours de belles robes », a-t-elle dit. Elle m'a mimé le geste de ma mère replaçant ses cheveux derrière l'oreille, a rejoué la scène où ma mère l'avait reprise, a répété avoir joué avec moi dans la cour du collège, tandis que ma mère était à l'étage dans sa salle de cours. Elle m'avait écrit une lettre, pour accompagner un petit cadre où un palmier d'argent se détache sur un fond de tissu noir. La lettre est écrite en français :

Il était une fois une professeure bien aimée, madame Détrez, que son âme repose en paix. Une professeure qui reste toujours à la mémoire comme une bonne souvenir. Son élève, Bouzid Aïcha. Un petit cadeau pour la fille de notre professeure jamais oubliée.

Je suis allée deux fois à Sfax au cours de cette enquête. La première fois, avec Neila, j'ai essayé de retrouver la maison, Cité Essourour. Dans les photos de mon album d'enfance, on voyait quelques détails : le jardin, l'escalier menant au seuil, un balcon et une terrasse, avec une balustrade de tulipes en fer forgé. La cité existe toujours, une sorte de havre dans cette ville bruyante et grouillante, des rues larges, de belles maisons blanches, des bougainvilliers roses, rouges, orange. Rue après rue, nous avons cherché la grille ouvragée, les tulipes de ferronnerie. Rien ne correspondait. Nous sommes entrées dans des maisons, Neila a demandé, en arabe : « Savez-vous si des coopérants habitaient ici dans les années 1970 ? Qui peut nous renseigner ? » Nous sommes allées de maison en maison, mais non, les gens ne se souvenaient pas, ou ils faisaient semblant pour me faire plaisir et alors les renseignements se contredisaient. Je n'y croyais plus. Je pensais que j'étais arrivée au bout, que cette fois, c'était fini. Il faut reconnaître que c'était déjà pas mal, sachant d'où j'étais partie.

Les mois ont passé. J'ai présenté ma recherche dans un colloque à Metz. J'avais centré mon exposé sur l'école normale des filles et je n'avais fait qu'évoquer, en conclusion, la période sfaxienne. Lors du moment réservé aux questions, ce moment que toujours je redoute, comme s'il pouvait abattre mon projet comme un château de cartes, dire tout haut ce que peut-être les gens pensent tout bas – « Mais ça n'a aucun intérêt, son truc », et alors Christiane à nouveau réduite à cendres et poussières –, une jeune femme dans l'assistance lève le doigt. Est-ce facile de trouver les archives en Tunisie, comment ai-je procédé, y suis-je allée ? « Je peux vous aider, je suis moi-même sfaxienne », ajoute-t-elle. À la pause, nous nous retrouvons. Mounia habite en France, elle est maîtresse de conférences dans cette université qui a organisé ce colloque, mais elle a toujours de la famille à Sfax, qui, affirme-t-elle, serait enchantée de m'aider. Sfax est une très grande ville, la deuxième du pays après Tunis, environ 300 000 habitants, une superficie de 56 kilomètres carrés. Je ne sais pas pourquoi, alors que la pause se termine et que le colloque va reprendre, tandis que Mounia me donne son mail avant de regagner sa place, j'ajoute que mes parents habitaient Cité Essourour. Et se produit alors l'incroyable, Mounia qui se fige : « C'est à Cité Essourour, dans la maison familiale, qu'habite ma tante. Voici son nom, je vais la prévenir, écris-lui. » À la tribune, j'ai eu du mal à écouter l'intervenant suivant. Je ne pouvais quitter des yeux Mounia qui, retournée à sa place, tapait sur son portable, et soudain lève les yeux vers moi, sourit et me tend un petit pouce discret. Monia, sa tante, a répondu. Oui, elle se souvient de ce nom, Détrez, cette famille de Français qui ont été leurs voisins quelques années, tandis qu'elle était petite fille.

Monia Boulila avait cinq ans quand mes parents habitaient Cité Essourour. « Envoyez-moi les photos, je suis certaine que je reconnaîtrai, j'ai toujours habité là », m'écrit-elle dès le lendemain matin. Et avant même que je lui aie envoyé les quelques photos numérisées à partir des diapos, elle ajoute : « N'avait-il pas une voiture rouge bordeaux ? — Oui. — Une R16 ? — Oui. » Je lui ai envoyé une photo de mon père, tout jeune dans un pull rouge, au milieu de l'explosion jaune d'un buisson de mimosas. Et tout de suite la notification en bleu sur l'écran de la réponse de Monia : « Je le reconnais. Il était très gentil, mes parents le respectaient beaucoup. Votre mère ne sortait pas beaucoup. Demain, je vous envoie une photo de la maison, la maison appartenait à la famille Chrourou, vous ne pouviez pas la reconnaître quand vous êtes venue, elle a été refaite il y a deux ans. Pour aller à cette maison, on tourne à côté de la nôtre. Il faut que vous veniez, il faut que tu viennes, je t'accueille chez moi. »

J'ai reçu le lendemain la photo de la maison rénovée. Une maison massive, d'un blanc éclatant sur le ciel bleu. Effectivement, je ne pouvais pas la reconnaître : il n'y a plus de balustrade aux tulipes en fer forgé. Dans la maison à quelques pas de celle où j'ai appris à marcher, Monia écrit des poèmes :

Au loin se lève le cri de la marée
ramenant l'enfant qui joue
à la rive de l'instant présent.
Semblant ne se soucier de rien
au loin je vois ma fée,
entamer sa résurrection !

Moi qui pensais en avoir terminé avec l'enquête, je suis repartie en Tunisie. « Je te jure, c'est le dernier voyage », ai-je promis à Ian, tandis que dans ma tête Barbara continuait la chanson, *pour nos cœurs déchirés, c'est le dernier naufrage.*

Lilia, désormais en deuxième année de son école de cinéma, devait réaliser un petit documentaire. Elle ne trouvait pas de sujet. Je n'osais lui en proposer un. C'est elle qui a demandé : « Tu crois que je pourrais continuer le travail sur ton enquête ? »

Certes, nous étions en janvier et non pas en septembre, nous partions pour quatre jours et non pas pour plusieurs années. Mais tandis que le ferry quittait le port de Marseille, tandis que s'éloignaient la cathédrale de la Major et la Bonne Mère, l'île du Frioul et le château d'If, et qu'une nuit plus tard, longeant la côte tunisienne, lentement se sont succédé Bizerte, Sidi Bou Saïd et Carthage, j'ai eu cette sensation extrêmement forte de voir ce que Christiane avait vu, cette certitude corporelle que, abstraction faite de certaines bâtisses modernes, le relief en était le même. C'était cela, ce voyage : sentir dans mon corps le brouhaha de la langue étrangère, le bourdonnement sourd du moteur, la langueur des heures qui durent, la pleine mer. Sentir ensuite, dans le louage qui nous emmenait de Tunis à Sfax, l'étendue à perte de vue des oliviers. Puis, dans la voiture de Monia venue nous chercher là où nous avait laissées le louage, passer l'entrée de la Cité Essourour, enfiler la rue, s'arrêter chez elle. « La maison où tu habitais est juste derrière, viens, on va aller la voir. Tu vois, pour sortir de la cité pour aller en ville, tes parents passaient devant chez nous, forcément, il n'y a pas d'autre route. »

La maison où on habitait a été refaite. Mais celles aux alentours sont intactes. Christiane voyait ces mêmes maisons, les arbres en étaient juste plus petits, comme sur cette photo que j'ai fait correspondre, grâce à des colonnes sur la terrasse, avec ce que j'avais alors sous les yeux. À nouveau, j'ai dormi dans la cité où j'avais passé mes premières nuits, j'ai entendu le chant du muezzin, j'ai mangé des bricks à l'œuf, du couscous au poisson et de la bsissa, j'ai cueilli des fleurs roses et rouges de bougainvillées pour les garder dans mes carnets. Depuis le jardin de Monia, on voyait le coin de la maison où on a vécu. Et j'ai imaginé, au-delà des années, que depuis cet angle de la maison, Christiane pouvait me voir.

Étrangement, ni Lilia ni moi n'avons pensé à sonner à la porte de la maison refaite. Nous y passions et repassions, repérant tous les points communs avec les anciennes photos que nous avions apportées. Lilia filmait quand la porte s'est ouverte. Une jeune femme en est sortie, et j'ai eu peur qu'elle ne nous ait repérées, qu'elle nous trouve louches et bizarres, nous qui tournions depuis deux jours autour de sa maison. Moi la timide, je me suis avancée vers elle, et je lui ai raconté. Que j'avais habité là, que ma mère était morte. Elle m'a regardée, saisie, et m'a fait entrer : « Venez, regardez, c'est le jardin, regardez, c'est la maison, entrez, venez, je vous en prie, je suis désolée, on a fait les travaux quand on a acheté, et puis, après le départ de mon mari, j'ai laissé, mais là, je reprends, j'habite ici avec mes deux enfants. » Peut-être parce que je ne m'y étais pas préparée, que je n'avais pas anticipé, les larmes me sont montées aux yeux. Il me semblait voir, en surimpression, cette photo en noir et blanc où Christiane pose dans l'encadrement des portes, cette photo que j'avais eue dans le petit album à feuilles cristal de ma marraine. Elle était là, et j'étais là où elle s'était tenue. Ce n'étaient pas les mêmes meubles, pas les mêmes bibelots, peut-être même pas le même carrelage, mais c'était le même endroit. Salma et moi nous sommes écrit, et elle m'a raconté que son mari était décédé, une mort subite, une nuit qu'elle soignait alors sa fille malade et s'était endormie auprès d'elle. Quand elle a regagné le lit conjugal, quelques heures plus tard, son époux était mort. « La prochaine fois que tu viendras, tu dormiras dans ta maison », m'a-t-elle écrit. « C'est une drôle de maison quand même, a ajouté Monia quand je lui ai raconté l'histoire de Salma. Après tes parents, une autre famille s'est installée, et la femme s'est tuée aussi dans un accident de voiture. »

J'aimerais croire aux fantômes et penser que cette présence que j'ai sentie si fort en pénétrant dans la maison, cette présence qui m'a émue aux larmes, maintenant veille sur Salma et ses deux enfants. Et sans doute n'est-ce pas important de savoir si les fantômes existent ou pas, tant qu'ils font se rencontrer les vivants. Tant que les vivants, entre eux, tressent les paroles et les sourires, entrelacent leurs mains et leurs souvenirs, afin de bercer leur peine.

Il y a les clins d'œil – ce sac sur le dos d'un garçon, dans l'escalator juste devant moi, marqué 1971, tandis qu'enfin je m'étais lancée dans l'enquête. Apprendre que Michel Legrand, le compositeur des chansons des films de Demy, avait une sœur chanteuse qui s'appelait Christiane. Elle chante dans *Les Demoiselles de Rochefort*, mais n'est pas la voix de Françoise Dorléac. Apprendre que Demy et Legrand, quand ils travaillaient sur ce film, avaient un rituel immuable : jouer au train électrique, « dont la péripétie majeure résidait dans le passage à niveau », écrit Michel Legrand dans son autobiographie. Il y a les coïncidences merveilleuses, qui mettent sur votre chemin Aïcha, l'ancienne élève, ou Monia, la voisine, et puis celles qui échouent, celles qui, quand même, seraient trop belles pour être vraies.

À l'été 2019, ma mère s'est décidée à retourner dans la maison du Sud. C'était la première fois depuis le décès de mon père, survenu fin juillet 2018. Je passais beaucoup de temps avec elle, dans cette maison qui contient encore tant de mon père. Le cendrier où il éteignait la cigarette qui lui durait la journée, les tableaux au mur, vestiges des heures passées sur les sites de revente, tandis que la maladie l'empêchait de sortir, les céramiques blanc et bleu, l'amphore et la cage ouvragée rapportées de Tunisie. Et tous ces autres objets qui parlaient de la vie avec lui, de l'enfance et de l'adolescence : c'est étonnant à quoi s'accroche une enfance, les tupperware multicolores, un cube de photos, les « cabines de bain » en éponge qu'avait cousues ma grand-mère, le répertoire en plastique près du téléphone – on choisissait une lettre avec le curseur, on appuyait, et hop, la partie supérieure se soulevait juste à la bonne page. C'est étonnant à quoi s'accrochent des souvenirs. Et je me demande quel objet autour de moi, anodin par sa banalité quotidienne, dans vingt ou trente ans, quand mes enfants seront devenus adultes, qu'ils et elles auront peut-être à leur tour des enfants, ou encore plus tard, quand je serai sous la terre, moi aussi poussière et os, alors leur rappellera ce temps passé ensemble.

Ce premier été dans le village du Sud sans mon père, je racontais mon enquête à Danielle, et cet échec, toujours, à trouver des gens qui leur auraient été très proches, quand, soudain, elle m'interrompt : « Il disait qu'il était ami avec Jean-Marie. Un curé, le père Jean-Marie. » Et effectivement, ce nom enfoui au fond de ma mémoire, quand il racontait ses souvenirs et que je ne l'écoutais pas, alors que j'aurais dû noter, alors que j'aurais dû poser des questions, mais il était trop tôt, ce n'était pas encore le moment. Quand ma mère s'est retirée pour sa sieste, j'ai tapé sur l'ordinateur « Jean-Marie, curé, Sfax ». Google m'a signalé aussitôt un article où « Jean-Marie Guillemot, curé » à Sfax, dans les années 1970, s'était consacré à l'enseignement, à la suite de l'injonction de contribuer au développement du pays. En une seconde, le temps que tournent les données dans le ventre mince de mon ordinateur portable archi-plat, que se connectent les synapses du cyberespace, le lien est fait avec un arrêté de nomination. J'apprends ainsi que, depuis septembre 2018, le père Jean-Marie Guillemot a été affecté à la paroisse Saint-Matthieu du Saint-Eynard, à côté de Grenoble. À une demi-heure de chez moi. J'arrive à peine à y croire, mais justement parce que c'est tellement dingue, que je ne suis plus à une coïncidence près, je suis certaine que c'est lui. Par le diocèse, j'obtiens l'adresse mail du père Jean-Marie. Je lui écris, j'attends, je vais enfin rencontrer quelqu'un qui a très bien connu Jean-Luc et Christiane. Et s'ils ont été proches, comment, avec un tel drame, pourrait-il les avoir oubliés ? Quelqu'un qui, sans nul doute, aura des détails, des précisions, des anecdotes. J'y crois dur comme fer, je sifflote en descendant à la rivière, ce n'est qu'une question de jours, de semaines, peut-être est-il en vacances, quand on est curé, on a sans doute droit également à quelques vacances. Je sifflote, j'attends, dans ma chambre blottie dans les nids d'hirondelles. Je suis certaine qu'avec ce qu'il me racontera, enfin, j'aurai la clé, sur le couple, l'accident, le silence, la colère de mon père. Et lui pourra me donner encore d'autres noms, les amis, les proches et, qui sait, la meilleure amie de Christiane.

Mais – et c'est là la dure leçon des probabilités – ça ne marche pas à tous les coups. Un matin où je me réveille dans les froufroutements d'ailes de pigeon et les pépiements des oisillons hirondelles réclamant leur becquée, je trouve effectivement un message du père Jean-Marie Guillemot. Mais ce n'est pas le bon. Celui-là est né en 1960 et n'est jamais allé à Sfax, qu'il écrit d'ailleurs Sphax. Quant à la probabilité qu'il y ait eu deux Jean-Marie Guillemot qui décident d'embrasser la vocation de prêtre, j'avoue qu'elle ne m'a pas fait rire. J'ai fini par retrouver la trace de l'autre père Jean-Marie ; il ne répondra à aucune de mes questions, il est décédé.

À la peine que j'ai éprouvée, de l'avoir tant cherché dans les arcanes du Web pour apprendre que jamais je ne le trouverai dans cette vraie vie, la peine que j'ai traînée pendant plusieurs jours, sur les berges de la rivière où je passe mon été – et comment expliquer à mon compagnon, à mes amis, aux enfants, que j'étais triste d'avoir perdu quelqu'un que je ne connaissais pas, quelqu'un dont, à peine une semaine plus tôt, j'ignorais l'existence – à cette peine j'ai encore mesuré le regret de ne pas avoir cherché plus tôt.

*

Sur une photo issue de la série de diapos Kodak, Christiane est assise sur les marches qui mènent au seuil de la maison, une porte encadrée de carreaux verts. Elle sourit, presque un rire, sans doute des consignes de mon père qui la fait poser. Les mains sur les genoux, les jambes allongées sur le côté gauche tandis qu'elle regarde vers la droite, où commence la balustrade de tulipes ouvragées. Sur plusieurs de ces photos, il soigne la composition des lignes et l'harmonie des couleurs. Le vert des feuilles et le vert de la robe, la ligne d'un siège pris en premier plan, et elle derrière qui tricote. Sur celle-ci, elle porte la robe jaune à motifs cachemire rose, violet et vert. Un reflet de soleil lui fait une mèche blanche, incongrue. Je n'arrive pas à dater ces photographies. Comme je ne figure sur aucune d'elles et que la robe est ample, je me demande si elle ne serait pas enceinte de moi, moi pour qui elle tricoterait de la layette. Rose, une chance sur deux, il n'y avait pas d'échographie à l'époque.

Elle sourit, elle rit presque, elle attend son premier enfant, sur le perron de la belle maison en Tunisie. Au premier plan, des fleurs jaunes, peut-être du mimosa. Et des cactus, qui lancent leurs branches épineuses, leurs branches griffues, leurs pointes acérées vers elle.

Des cactus comme des serres, qui déjà lui attrapent les pieds.

16

Elle s'appelait Françoise... est le titre d'un livre paru en 1996, longtemps épuisé et désormais réédité. Des photos magnifiques, Françoise Dorléac, Catherine Deneuve, et des textes, d'abord quelques pages de François Truffaut, puis de Patrick Modiano – oui, celui-là même qui a écrit *Dora Bruder*, ce chef-d'œuvre d'enquête sur une inconnue, et enfin une longue interview de Catherine Deneuve. C'est la première fois, dit-elle, qu'elle accepte de parler de sa sœur, et elle évoque le silence familial après le drame :

> *Avec vos parents, vous n'évoquiez jamais la mort de Françoise ?*
>
> Jamais. C'était un événement beaucoup trop violent, beaucoup trop traumatisant pour tout le monde, pour mes parents, pour mes sœurs, pour moi-même, pour qu'on puisse en parler. C'était notre histoire, notre unité, notre façon à nous d'être ensemble. Intuitivement, on sentait que la réunification de nos chagrins ne nous aurait pas apporté grand-chose. Et puis, tout simplement, parler de la perte de Françoise nous était physiquement impossible. Nous aurions sûrement dû aborder cette mort, les uns et les autres, plus tard, mais nous ne l'avons pas fait.

« Nous ne parlerons plus jamais de Madame », a dit mon père à Fatma après l'accident. Nous n'avons plus jamais parlé de Christiane, ni avec lui ni même entre frère et sœur. Jusqu'à ce que je décide de désobéir. Mon père avait rompu avec sa belle-famille. Il n'était pas venu à l'enterrement en France. Après la mort de ma grand-mère, la fameuse cheffe Simonne à laquelle je ressemble, j'ai récupéré une pochette de documents que m'a donnée ma cousine. Dans l'enveloppe, plusieurs photos de Christiane. Deux exemplaires de la carte de vœux de 1972. Les annonces de *La Voix du Nord* jaunies annonçant le décès, puis l'enterrement. Et puis une liasse de lettres. La première, dont le papier a bruni et les pliures se déchirent, est datée du 29 décembre 1971, le lendemain donc de l'accident, et est envoyée par le père Aguesse, abbé de Sfax, demeurant au 45 de la rue Larbi-Zarouk. Il évoque le mari « qui se remettra difficilement d'une épreuve pareille » et « ses enfants qui sont heureusement trop jeunes pour réaliser ». Des détails techniques, on ne sait encore par quel bateau pourra s'effectuer « le retour de Christiane en France ». Et puis, prudemment, l'annonce : Jean-Luc ne rentrera pas pour les obsèques.

Il paraissait préférable que les obsèques aient lieu au berceau de vos familles puisque c'est là que les enfants sont appelés à grandir. Que toute la famille rentre tout de suite ? Il me semble qu'on ne saurait le conseiller à votre gendre qui ne pourrait certainement pas avoir de poste en France en cours d'année. Il se verrait donc condamner à l'inactivité jusqu'à la rentrée 72, le moins qu'on puisse dire est qu'une telle situation ne l'aiderait pas à assumer cette disparition tellement brutale : le cadre du collège où il travaille, la sympathie de ses collègues, le rythme même du travail professionnel peuvent l'aider et le soutenir. Quant aux enfants, il semble qu'il vaille mieux ne pas les changer de cadre : la petite va au jardin d'enfants où elle se plaît et où elle retrouvera le 4 janvier ses camarades. La jeune Tunisienne qui s'est occupée des enfants est très vigilante et surtout très attachée aux petits : c'est un concours difficilement remplaçable.

Toutes ces réflexions, faites hier soir et ce matin sous l'émotion de ce qui est arrivé, ne sont peut-être pas les meilleures, mais elles tiennent compte du souci dominant chez Jean-Luc et ses parents : le soin des petits enfants qui se trouvent si tragiquement privés de leur mère. C'est encore ce souci qui va retenir votre gendre avec sa mère auprès des enfants, tandis que son père le représentera aux obsèques à Douchy. Christiane et son mari s'étaient promis, en cas de décès, de faire les choses le plus simplement possible : la douleur est assez grande et préfère rester intime, ce sont des réactions qu'on ne peut que respecter en essayant simplement d'aider à vivre ceux qui sont restés en vie. Ici j'ai pu aller prier à l'hôpital auprès de Christiane et bénir son corps ; une messe sera dite, sans doute le jour des obsèques, mais Jean-Luc ne veut aucune annonce publique : je crois que dans l'état moral et psychologique où il se trouve, on ne peut qu'acquiescer à ce vœu...

Me tenant à votre disposition, essayant autant qu'il est possible d'adoucir la souffrance qui est la vôtre, je vous prie de croire en ma respectueuse sympathie.

Une autre lettre est datée du 18 janvier 1972. Elle est écrite par Fernand, le père de Christiane. *Je m'étais promis de ne vous adresser qu'un simple mot de remerciement pour vous être fait l'interprète de Jean-Luc, mais il m'est impossible d'être aussi réservé.* Si la lettre est restée dans la liasse, cela signifie-t-il qu'elle n'a pas été envoyée ? Ou qu'elle a été recopiée, et qu'il ne s'agissait là que d'un brouillon ? Il n'y a pourtant aucune rature, aucune reprise. Fernand s'est-il résolu à ne répondre à l'abbé Aguesse que par ce mot de remerciement qu'il évoque, et a-t-il renoncé à envoyer cette lettre ? Mais pourquoi l'avoir gardée alors ? Je tourne les diverses hypothèses, aucune n'est satisfaisante. Toujours est-il que j'ai, par ce truchement du sort, sous les yeux, son incompréhension et sa colère... *ce qu'il m'est difficile de comprendre c'est comment ces décisions ont pu être prises seulement quelques heures après la mort de Christiane [...]. Il est deux questions que je me pose et auxquelles il m'est impossible de trouver une réponse... Je me demande pour quel motif Jean-Luc n'a pas fait le déplacement pour assister aux obsèques de sa femme [...]. Et pourquoi aurait-il fallu que Christiane soit enterrée, j'oserai dire presque incognito.* La lettre continue, terrible, exprimant la douleur et, déjà, la rancune. Il écrit que c'est au père Aguesse de décider s'il veut informer Jean-Luc de cette décision de procéder, quand même, à des funérailles, et conclut : *Dites-lui également que dans le grand malheur qui nous frappe tous, nous n'avons qu'un vœu à exprimer, c'est que l'entente qui régnait entre nous tous continue telle qu'elle était auparavant et que nous ne soyons pas privés de nos petits-enfants, c'est tout ce qui nous reste de notre fille.*

Il y a dans l'enveloppe d'autres lettres. Je les ai dépliées et lues une à une, sidérée par les hasards sinueux qui les avaient fait parvenir jusqu'à moi, ces lettres-là et pas d'autres. Sidérée que mes grands-parents les aient gardées. Celles-là et pas les autres. Qui me disent le choc et, si vite, la rupture. Une lettre des grands-parents de Christiane, Philomène et Henri, mes arrière-grands-parents, le 29 décembre 1971 : *Hier nous recevions la carte de vœux de Christiane avec la photo des deux petits et aujourd'hui c'est l'incroyable et cruelle nouvelle qui nous apprend qu'ils seront à tout jamais privés de leur maman.* Se bousculent les mots « immense douleur », « désarroi », « chagrin », « détresse »... Et puis, parce qu'il n'y a plus rien à dire : *Notre peine à tous deux est très grande, nous comprenons et nous partageons la vôtre en réalisant avec difficulté qu'un tel malheur puisse arriver...*

Et un post-scriptum de Philomène : *J'ai beaucoup de chagrin, mes chers enfants.*

Il y a enfin une dernière feuille. Ce n'est pas l'écriture de mon père, mais c'est bien lui qui parle. Sur cette feuille, recto verso, sont recopiées deux lettres, l'une datée du 9 janvier, avec cette précision « première lettre », et l'autre, « deuxième lettre », du 26 janvier, adressées à ses beaux-parents, qu'il appelle maman et papa. A-t-il dicté ces lettres, quelqu'un les a-t-il recopiées, je ne sais pas, je ne connais pas cette écriture, et il n'y a pas d'enveloppe où trouver l'indice d'un cachet de la poste. C'est un mystère, et ma cousine n'a pas su m'en dire plus. Simonne est morte, on ne peut plus lui demander.

Le 9 janvier, *Chère maman, cher papa, L'existence est cruelle et la réalité est bien dure à affronter. Comme vous je passe des jours extrêmement pénibles et la vie est injuste. Vous avez perdu votre fille. J'ai perdu ma femme, la mère de mes enfants. Je ne suis pas plus religieux que vous mais je sens que Christiane est toujours là. Par moments elle semble loin, mais elle est toujours présente. Je ne peux pas vous l'expliquer, mais le courage que je dois montrer devant mes enfants, c'est par elle que je l'ai. Pour moi, Christiane est partie pour toujours mais son esprit est là.* Et puis, ajoute-t-il, les enfants avant tout. *Il y a les enfants vulnérables, ils passent avant tout. Ils sont petits, c'est difficile de les voir continuer à vivre dans l'insouciance mais heureusement qu'ils sont là, tout doit être fait pour eux.*

Sur la même feuille, la même personne, de la même écriture, a donc recopié à la suite une seconde lettre, datée du mercredi 26 janvier. *Il y a des choses dans la vie dont je ne veux plus parler, et maintenant le seul but est l'avenir des enfants. Je vais essayer de continuer les travaux de la maison et à la fin de cette année scolaire, je casserai mon contrat. Je serai instituteur dans le Nord. La vie est cruelle, elle est injuste et maintenant, il n'y a plus que les enfants qui comptent. Ils posent bien des problèmes pour l'avenir, mais heureusement qu'ils sont là. Ils sont la continuité de leur maman et je ferai tout pour leur bien. [...] Il faut beaucoup de courage, je ne l'ai pas toujours mais tout se doit de continuer pour les petits en faisant son possible pour qu'ils vivent dans une atmosphère heureuse. La vie est moche et on doit la subir pour le bonheur des petits. C'est pour ça que je veux continuer la maison. [...] Je vous embrasse tous deux très fort.*

« Il y a des choses dans la vie dont je ne veux plus parler. » Il n'en a effectivement jamais parlé. Mes grands-parents venaient nous rendre visite une fois par an dans cette maison que mon père faisait construire avec son généreux salaire de coopérant, et dans laquelle nous avons habité, jusqu'à ce qu'à sa retraite, lui et Danielle la revendent pour un appartement dans une petite ville voisine. Ils venaient, on s'installait dans le salon, on mangeait une part de tarte, avec un café, un jus de fruits. Et ils repartaient. Nous leur écrivions, aux fêtes, pendant les vacances. Mais nous ne sommes jamais allés les voir, ni les oncles, tantes, cousins et cousines qui grandissaient avec l'accent de Marseille. J'ai pourtant habité quelques années à Aix-en-Provence, et ma tante Mauricette m'avait appelée pour m'inviter à venir leur rendre visite. Mais ce n'était pas le moment. Catherine, ma cousine, avait elle aussi fait la démarche de me connaître. Mais je n'avais pas vraiment donné suite. Ce n'était pas le moment. *Il y a des choses dans la vie dont je ne veux plus parler.* Mon père n'a jamais parlé des difficultés avec Christiane, des problèmes de son couple, de l'amant, du divorce, des disputes. C'est moi qui l'ai appris à Catherine, puis aux autres cousines. Mon oncle n'a pas voulu le croire. Je suis allée à l'enterrement de Simonne, nous étions cinq, Catherine, moi, nos compagnons, et David, le cousin. Simonne la terrible avait fait le vide autour d'elle, trop méchante, m'ont-ils dit, à monter ses enfants les uns contre les autres, à manifester ses préférences entre les petits-enfants. Je suis allée chez le notaire, pour rencontrer mes autres cousines, les sœurs de David, Élisabeth et Patricia. Il y a eu des cris, des disputes – des histoires d'argent, d'héritage et, derrière l'argent, bien sûr, de l'amour déçu, de l'amour sans retour. « Vous avez eu la chance de ne pas connaître cette famille », m'a dit Élisabeth en partant. Pourtant, nous nous sommes revues. Élisabeth et Patricia m'ont raconté les repas familiaux hantés par cette tante disparue, les hypothèses, les supputations, les romans élaborés. « On en parlait toujours, et c'étaient des pleurs, des reproches contre ton père. » Parce que mon père conduisait, parce que mon père s'est remarié si vite, parce que le cercueil était scellé et que, disaient alors les adultes devant mes cousines enfants, « rien ne prouve que c'était Christiane dans le cercueil ». Élisabeth, elle, m'a raconté – mais est-ce vrai ? – que quand les gendarmes sont venus toquer à la porte de Simonne et Fernand pour annoncer la nouvelle de l'accident, Simonne jouait avec David. C'était juste après Noël, David avait reçu en cadeau un train électrique, et ils jouaient à l'accident, train contre voiture. Quelques années plus tard, David et Patricia, en chahutant, avaient déchiré un grand portrait de Christiane, entouré de fleurs, comme sur un autel, et la colère de leur père avait été terrible. « Il y avait la photo sur la télé chez la grand-mère. On ne pouvait pas s'approcher. Il ne fallait pas la toucher, pas la bouger, pas la faire tomber. Ta mère, c'était un fantôme. » Catherine ne se souvient pas que la famille parlait de Christiane. Mais elle a souffert toute sa jeunesse de sa ressemblance avec la disparue. Catherine ressemblait à Christiane, et de Patricia, qui travaillait bien à l'école, on disait qu'elle était comme sa tante. Catherine, la ressemblance physique, Patricia, la ressemblance intellectuelle. Et moi, alors ? Je les écoutais l'une et l'autre et, oui, il faut bien l'avouer, j'étais un peu jalouse.

Sans doute est-ce cela également, écrire ce livre : devenir, moi aussi, celle qui lui ressemble.

Et puis, dans leurs souvenirs de petites filles, un sac blanc. Un sac blanc, celui de ma mère le jour de l'accident, celui que les adultes sortaient lors de ces repas, quand à nouveau et pour la centième fois, ils évoquaient le drame. « Un sac taché de son sang, un petit sac blanc. » Je n'ai pas le sac, un petit sac blanc des années 1970, *taché de son sang*, le sac qu'elle avait préparé avant de partir pour une journée d'excursion, aujourd'hui elle aurait mis son portable dedans pour discrètement surveiller si son amant lui avait envoyé un texto, mais, à l'époque, non, bien sûr, ses papiers, un porte-monnaie avec des dinars dedans, un petit miroir, un peigne pour ses cheveux courts coiffés en pétard, un mouchoir, un rouge à lèvres - peut-être que, comme moi, elle en avait plein son sac, sans jamais en porter. Qu'est-ce qu'on met dans un petit sac blanc des années 1970, dont on ne peut se douter qu'il se tachera de votre sang avant midi ? J'ai demandé à Catherine, quand elle a récupéré les affaires de Simonne après sa mort et qu'elle m'a donné l'enveloppe avec les lettres et les photos, s'il y avait un sac à main, *taché de son sang*. Non, elle n'avait rien. Je n'arrive pas à imaginer qu'on ait rendu aux parents le sac à main de leur fille, *taché de son sang*. Mais Patricia est certaine de l'avoir vu aux repas du dimanche.

Dans le livre signé Catherine Deneuve et Patrick Modiano, Catherine Deneuve revient à plusieurs reprises sur le caractère de sa sœur, évoque la terrible angoisse sous la fantaisie et le rire en cascade. Sur les nombreux clichés où elle pose avec sa sœur Catherine, Françoise Dorléac a effectivement quelque chose d'emprunté dans le sourire. Un sourire forcé, factice. Une façade. On m'a dit, on m'a répété que Christiane riait beaucoup, que Christiane riait très fort. Qu'elle était gaie, qu'elle aimait la vie. Et pourtant, à deux ou trois reprises dans les témoignages des filles de la promo 1961-1965 revient ce souvenir étrange, flou, en point d'interrogation. Cette promo qui portait le nom de Simone Legrand, une autre actrice morte dans un accident de voiture en 1962 : elles l'avaient vue jouer dans *Antigone* d'Anouilh, encore une fille qui brave l'autorité pour une histoire de sépulture. Dans certains témoignages, de celles qui la connaissaient le mieux, affleure la mention de ce séjour à l'infirmerie, pour une tentative de suicide. Une déception amoureuse, et elle aurait été ensuite privée de sortie le jeudi par ses parents. Chantal et Josiane, qui étaient avec Christiane depuis le cours complémentaire, nuancent également le portrait tout en rires et gaieté – il faut dire que ce n'était pas bien joyeux chez elle. Georges a raconté à ses filles les coups de ceinture – « et pas un n'y échappait », me dit Patricia. Quant à Raymond, il s'en veut encore de ne pas être intervenu lorsque sa petite sœur, ma mère, criait sous les coups de Simonne. « On avait l'impression qu'elle... fanfaronnait un petit peu, tente d'expliquer Josiane, elle donnait l'impression de tout prendre à la légère, que tout était toujours facile, mais moi, je ne sais pas, j'ai toujours eu l'impression que c'était, comment dire, qu'il y avait quelque chose, que c'était... » Et tandis qu'elle cherche ses mots, Chantal termine sa pensée : « ... une façade. — Oui, une façade. »

En Tunisie aussi, Christiane a fait une tentative de suicide. Quand le couple a capoté, qu'elle voulait divorcer et que Jean-Luc refusait. Des médicaments et un lavement à l'hôpital. Elle courait pieds nus dans le désert, malgré les scorpions. « On cherchait des romanités avec Francis. » « *Son* Francis », avait précisé mon père, en appuyant bien sur l'adjectif possessif. « Et elle s'est mise à courir, pieds nus, malgré les serpents, les scorpions. Elle était folle. » C'était le début des années 1970, et la loi sur le divorce par consentement mutuel n'est votée qu'en 1975. Christiane a été de la première génération de femmes à pouvoir exercer une profession, ouvrir un compte et disposer de ses biens propres sans autorisation maritale, la loi date de 1965, juste quand elle sort de l'ENF. Si la loi Neuwirth autorisant la contraception est votée en 1967, la pilule n'est remboursée qu'en 1974, année de la loi Veil sur l'IVG. Christiane, elle, a fait une ligature des trompes, après la naissance de son second enfant.

Sans doute est-ce une déformation professionnelle, mais je ne peux m'empêcher d'y lire la difficile conquête par les femmes de leur corps. Ce corps, dont les bulletins à l'école normale de filles soulignent la mauvaise aptitude physique – « Que de progrès restent à faire ! L'enchaînement au sol constitue, je crois, votre seule planche de salut », écrit ainsi la prof de sport sur le bulletin de Christiane. Comme la majorité des filles de la promo, elle ne sait pas nager, ne sait pas courir, n'a jamais pratiqué aucun sport avant d'arriver à l'école normale. Corps de genre, corps de classe, ce sont des filles de milieu populaire, à qui il faut apprendre à nager, à courir et, ajoute la prof de sport dans un entretien enregistré par Alexis, l'archiviste de l'ENF, à qui il faut apprendre à avoir du plaisir, et ce mot, forcément, résonne, quand on sait l'époque et la lutte des femmes pour assumer leur sexualité.

Courir, même pieds nus dans le désert malgré les scorpions, sauter, danser, nager et faire l'amour, sans risquer la flopée d'enfants accrochés aux basques, sans risquer la mort au bout de l'aiguille à tricoter ou de la branche de persil. Courir, danser, aimer, et rire, fort, trop fort. On croirait entendre la chanson d'un jour d'été des *Demoiselles*, toutes deux gansées dans leur fourreau de lamé rouge, balayant d'un revers de main et d'une voltige de mèches le soupçon que ces robes feraient « un peu putes », et chantant la vie, chantant l'amour, chantant le soleil et la pluie.

Courir, danser, aimer, et rire, fort, trop fort. Et pouvoir dire : « Les enfants, tu peux les garder. »

Je l'imagine se débattre et lutter pour conquérir cette autonomie, cette liberté pour laquelle d'autres militent, comme Delphine Seyrig, qui n'a pas été que la Fée des lilas de *Peau d'Âne*, et qui signe, avec Agnès Varda ou Catherine Deneuve, le Manifeste des 343 Françaises affirmant « Je me suis fait avorter », qui prête son appartement pour qu'y soit pratiqué le premier avortement par méthode Karman, qui filme les femmes avec sa copine la réalisatrice Carole Roussopoulos, caméra vidéo au poing. Christiane n'a pas milité, et Jean-Luc ne se souvient pas qu'elle ait lu les écrits féministes. Elle n'a pas milité, elle n'était sans doute pas une intellectuelle - même si ma cousine Catherine se souvient qu'elle lui offrait des livres. Mais elle s'est battue, et restent, plus forts que tout, son rire haut et clair, son regard déterminé et les pieds nus dans le désert.

*

Dans l'enveloppe en kraft donnée par Catherine, il y avait des photos du mariage, mais aussi deux photos où figure Christiane, cheveux au carré et reflets auburn. Elle porte une robe aux motifs bleu et mauve, avec un petit col rond de cette couleur, dans un tissu satiné. Sur l'autre photo, en noir et blanc, je distingue mieux les motifs, des fleurs stylisées, juste quatre pétales, éparpillées de façon irrégulière, on dirait qu'il y en a davantage sur la jupe que sur le corsage de la robe. Elle est assise sur une couverture frangée rouge à carreaux noirs, dans ce qui semble être un parc. Elle est bras, jambes et pieds nus, il devait faire bon, à la couleur de l'herbe, peut-être une fin d'été, ou les premiers rayons du printemps. Sur le coin droit de la photo, une veste marron, laissée là, et une chaussure d'homme, vide.

Elle regarde la personne qui prend la photo, et là, elle a le sourire, un peu timide, de celle qui n'y croit pas vraiment.

17

C'était le premier été sans mon père, dans ce village au bord de la rivière où lui et Danielle ont passé des étés à retaper une maison, à en faire la maison de famille où nichent les hirondelles et où s'égayent les enfants devenus adultes et leurs bandes d'amis. Le village à l'ombre de la montagne au profil de déesse. Cet été-là, la maison, au fil des jours et au gré des calendriers de garde alternée de notre grande famille recomposée, s'était remplie d'enfants, auxquels se sont ajoutés quelques cousins et cousines, quand on aime on ne compte pas. Avec des carrelages récupérés, ils décoraient des panneaux de mosaïques colorées pour habiller un arbre mort, tandis que je glanais une heure de-ci, de-là pour avancer ce récit, entre cueillette de figues ou de mûres où je me lacérais les avant-bras et ponçage-peinture de nouvelles cloisons – les enfants, quand ça grandit, ça demande de l'intimité et ça apprécie beaucoup moins le concept de dortoir commun. Et que faisais-je d'autre, en écrivant ce livre, secrétant mes mots comme les guêpes charpentières le ciment de leurs mandibules, que faisais-je d'autre que continuer cette maison de famille, portrait de leur autre grand-mère en prime à accrocher dans une chambre de leur mémoire? L'été penchait doucement. La lumière s'allongeait sur la rivière. L'eau commençait à croupir et les feuilles mortes servaient de barques pour les libellules bleues. Les pétales de papier des bougainvillées jaunissaient. Le temps tournait et, comme en réflexe, je répétais cette phrase de mon père chaque été entendue : « De toute façon, après le 15 août, ce n'est plus pareil, le temps change. » Bientôt ce serait fin août, et les éphémères envahiraient le ciel et les rues le temps d'une nuit, nuages d'ailes sèches autour des lampadaires. Au matin, je les trouverais le long de la rivière, insectes blancs pris dans les toiles d'araignées comme des papillons de tulle dans les voiles laissés là par quelque mariée abandonnée. Comme Ophélie, noyée au milieu des fleurs, dans le tableau de John Everett Millais.

Le premier été sans mon père, passé à m'occuper de Danielle, et à retrouver Christiane. Danielle que j'appelle maman, Danielle qui est ma maman, ma seconde maman, et sans doute fallait-il tout ce chemin, toutes ces années, pour oser parler, et pour savoir, l'une et l'autre, et Christiane en ombre derrière nous, que l'une n'exclut pas l'autre. Car quand on est petite, si on n'ose pas demander, c'est aussi pour ne pas peiner celle qui est là. Même enfant, on connaît l'équation terrible : si l'une avait vécu, l'autre ne serait pas là. Regretter l'absence de l'une égale alors à regretter la présence de l'autre. Au jeu des préférences, il n'y a pas de réponse possible. Aujourd'hui, je sais que l'équation était fausse. Même si Christiane avait vécu, mes parents se seraient séparés, elle aurait fini par obtenir le divorce. Aujourd'hui, je sais que je n'avais pas à choisir. Je peux pleurer l'une et chérir l'autre, je peux les aimer toutes les deux, mes deux mamans. Je peux, à mon gré, les appeler ici par leur prénom, ou écrire, pour l'une et pour l'autre, « ma mère ». Mais il m'a fallu du temps, et sans doute tout ce travail, pour le comprendre. Ce qui importait alors était de ne pas peiner, ne pas froisser. Quand je relis l'entretien réalisé avec mon père, aujourd'hui que je ne peux plus lui poser de questions, je vois comment j'avance avec précaution, comment je m'arrête au seuil des réponses, alors que c'est justement là, quand le bât commence à blesser, que j'aurais dû insister. Demander des noms, demander des précisions, demander des explications.

Tandis que, ce premier été sans mon père, je m'acharnais ainsi à retrouver le fil, araignée tissant ma toile au fur et à mesure, regrettant les questions non posées, butant sur l'indicible, comme si son absence scellait définitivement son silence, tandis que je doutais et me désespérais, j'ai reçu un dernier caillou blanc pour me guider. Des années auparavant, j'avais contribué au financement participatif d'un projet d'archéologie et avais oublié que la contrepartie promise était le film relatant ce projet plutôt barré. C'était ce DVD qui m'arrivait dans une enveloppe à bulles, comme surgi de nulle part. Il racontait les fouilles sur le lieu de tournage de *Peau d'Âne*, ce film de Jacques Demy où Catherine Deneuve joue la princesse fuyant l'amour de son père. Dans la forêt sous les fougères, à une boursouflure d'un tronc de chêne autour d'un clou planté là quarante ans auparavant, à un éclat de verre dans l'humus, les archéologues identifient la clairière de la cabane, le repaire de la Fée des lilas, le bassin où la princesse se mire, en réalité un miroir et un peu d'eau...

Quand l'archéologue en déterre les éclats, l'argenture du miroir s'évanouit à l'air, et ne reste qu'un morceau de verre transparent. Il me semblait entendre mon père racontant comment tombaient en poussière les verres irisés que les Bédouins sortaient du sol devant lui, là-bas, en Tunisie. Verroterie, mégots de cigarettes, bouteilles abandonnées, débris de miroirs, strass et morceaux de polystyrène, autant de vestiges du film – décor et tournage –, archéologie du quotidien, archéologie du merveilleux, traces du vivant endormies, où c'est le regard qui transforme les clous rouillés en trésor, l'emballage d'un paquet de lames de rasoirs jetables en pièce à conviction, où c'est l'intention qui réveille les morts. « Creusez, fouillez, bêchez ; ne laissez nulle place où la main ne passe », déclame l'archéologue. Et dans ce qui paraîtrait aussi fou que de chercher une aiguille dans une botte de foin, puisqu'il s'agit de retrouver les traces d'un film dans une forêt – et même les témoins de l'époque n'ont plus guère de souvenirs, quarante-cinq ans, c'est si loin, pourtant ils trouvent. Des éclats, des indices, des traces. Des trésors dérisoires.

Françoise Dorléac ne joue pas dans *Peau d'Âne*. Et pour cause, le film date de 1970. Mais Christiane l'a peut-être vu. Je me demande d'où mon père tenait cette passion des comédies musicales – celles de Demy en particulier – qu'il m'a transmise. Ni Danielle ni François, son copain de l'ENG, son complice en rock'n'roll, son compère en écoute des radios pirates, n'ont pu me répondre. Peut-être les ont-ils vues tous les deux, Christiane et Jean-Luc, à leur sortie ? Encore une question que j'ai oublié de lui poser, et il ne me reste plus, à moi aussi, qu'à gratter la terre à la recherche d'un clou rouillé ou d'un strass oublié là par la princesse. Et à imaginer que quand je chante ces airs de Legrand, tout comme les hits des yé-yé de l'époque, quelque part, ma voix rejoint la sienne.

Creusez, fouillez, bêchez ; ne laissez nulle place
Où la main ne passe et repasse.

Gratter la terre, avancer à tâtons et avec précaution dans les forêts de souvenirs pour tenter d'y retrouver des traces, et puis lever les yeux vers les nuages, et s'émerveiller d'y voir ici un cœur, là le dessin d'un sourire, et s'autoriser à y voir un signe. Choisir de penser que ce n'est pas un hasard si, le 28 décembre, c'est la photo de Christiane qui s'affiche dans le défilé aléatoire des photos de mon téléphone. Ou si, un jour de grand doute, c'est la photo qui la montre en train de faire une blague à une copine qui parvient sur ma messagerie, comme si elle me faisait un clin d'œil, Mais si, vas-y, continue, je suis là.

De ces traces fugaces, je peux faire un portrait, une mosaïque où mes mots tentent de jointoyer les éclats parfois trop contrastés. Elle était grande, elle était douce, elle était sympa, une bonne camarade. Sa gaieté semblait parfois factice. Elle était folle, elle riait trop fort, elle était fantasque et aigrie, elle avait des sautes d'humeur, elle a fait au moins deux tentatives de suicide, l'argent lui a tourné la tête, elle voulait partir et quand mon père lui a demandé : « Et les enfants ? », elle a répondu : « Les enfants, tu peux les garder. » Sa mère la tapait, et son frère se souvient de ses cris. Elle était ambidextre, elle a eu une robe de mousseline verte, elle portait beaucoup de rose, de rouge ou d'orange, d'après les couleurs du bouquet d'Aïcha, mais aussi du bleu, du mauve, du jaune et du vert, d'après les diapos numérisées. Elle avait souvent ce geste pour replacer ses cheveux derrière l'oreille, et une mèche qui lui tombait devant les yeux. Elle portait des ballerines – « c'était la mode, on les appelait des rock'n'roll, je revois sa démarche un peu nonchalante, les pieds qui traînent légèrement », précise une de ses copines normaliennes. Dans l'album de Tunisie, du temps où je n'avais aucune photo, on me voit faire ce qui ressemble à des premiers pas, à en croire ma silhouette pataude et hésitante. Il y a une femme hors cadre, dont on ne voit que la main, qui me tient et me guide, et un pied, effectivement chaussé d'une ballerine.

J'ai eu depuis beaucoup de photos. Les photos de classe envoyées par les copines de l'ENF. Les photos conservées par Simonne, qui devait quand même bien aimer sa fille, puisqu'elle en a gardé le portrait en médaillon sur sa table de nuit jusqu'à sa mort. Les diapos envoyées par mon père puis par ma marraine, et que j'ai numérisées. Ces diapos de Tunisie aux robes colorées peut-être achetées dans ces fameuses fripes américaines dont m'a parlé Clo, ou peut-être cousues par ma grand-mère. Elle est au milieu des mimosas de la Chebba. Elle est avec mes grands-parents à Sidi Bou Saïd, je reconnais l'entrée du Café des Nattes. Elle est à El Jem – les photos ne sont pas datées mais elle a encore les cheveux au carré, pas encore la coupe courte avec les mèches qui biquent. Elle est avec mon frère et moi, dans la caravane dont je sais désormais qu'elle a ensuite été rachetée par Clo et Christian. Elle est avec mon frère et moi, en maillot de bain dans une piscine en plastique, sur la terrasse de la maison Cité Essourour, du temps de la balustrade en tulipes ouvragées, et je sais maintenant le chemin pour y aller, et j'y ai à nouveau une chambre pour dormir.

J'ai eu des lettres, et cette écriture dont j'avais volé des bribes au dos des photos de mon enfance, je l'ai lue parlant de mon frère et moi, dans des courriers envoyés à mon oncle et à ma tante, qu'ils m'ont donnés. Une lettre du 6 janvier 1969 où elle annonce la nouvelle : « Ce matin je suis allée chez le docteur et vous allez être oncle et tante. Eh oui, si tout va bien pour fin août, début septembre. » Deux autres lettres, du 28 octobre 1970 et du 8 février 1971, les enfants qui poussent, Laurent est très sage, Christine n'arrête pas de jouer. Mais en ombre menaçante peut-être, cette mention : « Les enfants se portent bien, pas comme nous, Jean-Luc a fait de l'arthrite pendant quatre jours, il ne pouvait plus dormir, et moi j'ai été en congés de maladie. » J'ai eu l'intonation d'une phrase : « Mademoiselle Bouzid, parlez en français, s'il vous plaît. » J'ai la liste des prénoms qui, dans leur désuétude, comme les coiffures, comme le grain noir et blanc des photos d'identité, situent l'époque, les Gilberte, les Chantal, les Danièle, les Annie, les Jacqueline, Jeannine, Thérèse, Christiane, Yvette, Claudine, Marcelle, Colette, Nicole, Francine, Josiane, Monique, Arlette et Françoise. Les plats sur les menus eux aussi sont datés : les œufs cocotte et le potage Crécy, les filets de merlan à la Dugléré et les pommes de terre maître d'hôtel, la bière à chaque repas, pour des lycéennes. Je pourrais trouver des enregistrements de l'Ina pour tenter d'approcher les voix de l'époque, puisque les façons de parler elles aussi changent, et ce n'est pas seulement une question technique de conditions ou de matériel d'enregistrement. Elle était de milieu populaire, elle habitait La Madeleine, tout porte à croire qu'elle avait l'accent du Nord, l'a-t-elle perdu au cours des années d'école normale, l'a-t-on gommé, comme les manières, le vocabulaire ou les coiffures à qui, sur les bulletins, on reproche de ne pas « convenir au métier d'institutrice » ? Ou ensuite, en Tunisie, au contact de ces coopérants qui venaient de toute la France ? A-t-elle pris l'accent tunisien dans son français, un accent, ou une façon de lancer les mots d'une voix assurée, en les accompagnant du geste ? Était-ce tunisien, d'ailleurs, ou juste la façon dont les coopérants parlaient aux Tunisiens, dans un relent de morgue postcolonialiste ? Les mots tunisiens sont-ils venus se mêler aux mots du Nord, comme pour mon père, ces mots que moi aussi j'employais, et dont je n'ai identifié l'origine qu'à l'étonnement de mes interlocuteurs, ces mots qui, dans mes déplacements tant géographiques que sociaux, se sont effacés peu à peu ? Les mots de sa génération, aussi. Ce qui, avec ses copines, faisait leur langue : est-ce qu'elle disait « c'est bath », « c'est extra », comme ma fille a dit « c'est swag » ou « c'est stylé », ou le plus sobre « trop bien », ces mots qu'Annie Ernaux considère comme des mots de passe d'une époque, des sésames langagiers ? Dire « auto » plutôt que voiture, par exemple ? Comme Guillaume dans *Les Demoiselles de Rochefort*, en 1967. Ou Françoise dans *Ma nuit chez Maud*, en 1969. C'est ce que dit Maud de son fiancé : « Alors il est mort, comme ça, bêtement, dans un accident d'auto. Sa voiture a dérapé sur le verglas. C'est ça, le destin. » Comme Isabelle Aubret dans la chanson *Elle avait mon âge* : « mourir à trente ans, mourir au printemps, mourir bêtement au fond d'une auto ». Une chanson en hommage à Françoise Dorléac, Jayne Mansfield et Nicole Berger, toutes trois mortes dans un accident de voiture – pardon, un accident d'auto – entre avril et juin 1967. Elle est morte, comme ça, bêtement, dans un accident d'auto. C'est ça, le destin.

Sa voix s'est définitivement perdue, silencieuse parmi les silencieux.

Je n'ai pas trouvé ce que je cherchais, je ne sais sans doute pas plus qu'avant qui elle était. Son regard perçant sur les photos est resté une énigme. Peut-être fallait-il simplement qu'il soit si fort, pour parvenir jusqu'à moi, depuis cet autre côté où elle est. Trop loin, trop tard, tant de gens disparus, et puis la mémoire défaillante. Je n'ai pas trouvé la meilleure amie, la confidente, je n'ai pas trouvé le fin mot de l'histoire. Je n'ai attrapé que des images fugaces, un sourire, un regard fixe. Je n'ai pas trouvé, sans doute, ce que je cherchais. Je ne sais pas quelle musique elle aimait, quels disques elle avait achetés, pour quelle chanson, à la radio, elle tournait le bouton pour écouter plus fort. Quel plat, quelle fleur, quel film, quelle odeur ? C'était perdu d'avance, la vie ne se rattrape pas. Un sourire dans le ciel, des bulles de savon irisées qui claquent quand on veut les approcher, un battement poudré d'ailes de papillon. On essaie avec les mots, mais ça palpite dans les blancs, ça frissonne et ça, on ne peut l'épingler, on ne peut le fixer. Comme ces trésors qui se dissolvaient dans le désert de Tunisie, comme les éclats de miroir qui redeviennent de vulgaires morceaux de verre dans la forêt de *Peau d'Âne*. Je ne l'ai pas attrapée, c'était perdu d'avance. Mais je l'ai fait exister, dans les récits de ses copines de classe, de ses collègues du collège Souk el Zitoun, d'Aïcha son ancienne élève, et même dans les histoires de celles et ceux qui ne se souvenaient pas d'elle, toutes ces vies que l'on m'a racontées, qu'elle a croisées, petit maillon de la grande dentelle. Ils ne se souviennent pas d'elle, mais ils ont entendu sa voix, elle a été là, dans un coin de leur champ de vision, dans la même pièce, à un moment. Ils ne se souviennent pas d'elle, mais parlant d'eux, c'est également elle, et les éclats de sa vie, qu'ils me racontent. Je ne l'ai pas attrapée, c'était perdu d'avance. Surtout quand celle qu'on cherche ressemble à Françoise Dorléac, celle-là même qui court d'un film à l'autre, parle trop vite et que la caméra échoue à saisir. Mais sa photo est désormais encadrée chez moi, et les enfants peuvent la toucher. C'était perdu d'avance, mais mon oncle, qui ne peut pas parler de celle que toujours il appelle « ma sœur », m'envoie chaque jour plusieurs messages, avec de lourdes pièces jointes. Des films, des diaporamas des paysages des quatre coins du monde, à raison de quatre ou cinq par jour, le Japon, la Chine, les volcans, les fleurs, les lacs et cascades, je pourrais en faire un inventaire à la Prévert, une liste à la Perec.

Ou encore écrire un livre sans *L*, consonne de mon manque, consonne pour une mère absente, partie, évaporée. Consonne pour une mère qui, à force d'être trop dissipée, s'est évanouie, effacée des photos, sans même un écho de son rire si fort, de sa voix qui me nommait par mon prénom, ou peut-être même qui disait : « Ma chérie, comme je t'aime. » Ou au contraire, *L*, consonne chère aux oiseaux, chère aux hirondelles et aux sirènes ailées. C'est difficile de voler avec des ailes de dentelle, trouées d'absences et d'oublis. Mais on peut s'en faire de jolis costumes de scène, pour rire, aimer, danser et continuer à vivre.

C'était perdu d'avance, mais, dans les conférences, je projette son image dans l'odeur d'encaustique d'une salle des Archives nationales, dans une autre, à l'ENS rue d'Ulm, sous le plafond peint de Cerisy, à New York, à Metz, à Caen, à Lyon, à Douai... C'était perdu d'avance, mais Lilia a filmé la pluie sur les briques dans la rue Jeanne-Maillotte, un ballon dans l'arbre à l'école Edmond-Rostand, ses copines d'enfance, son visage derrière leurs paupières qui se souviennent, la traversée en ferry, les rues où elle a vécu, la maison, et Monia lisant son poème *Résurrection*, tandis qu'une voile se détache au loin, sur cette plage où, en raison des usines de phosphate, aujourd'hui, on ne peut plus se baigner. Lilia, étreinte par le trac, a projeté son film devant mon frère et sa famille. Guillaume, mon neveu, a posé des questions sur celle qu'après une hésitation il a appelée « mamie ». Mon frère Laurent m'a dit que tout ce travail, toutes ces photos étaient un cadeau pour lui.

De celle qui a été effacée si longtemps, enfin on parle.

Je pourrais continuer. Puisque je n'ai toujours pas trouvé la meilleure amie, la confidente. Peut-être est-elle dans ces noms écrits à la main du registre de la promo 1961-1965, dans celles que je n'ai pas contactées, que je n'ai pas localisées parce qu'elles se sont mariées, ont déménagé, n'ont eu aucun contact avec l'association des anciennes élèves. Peut-être Christiane et Jean-Luc fréquentaient-ils plutôt ses collègues à lui, non pas ceux du collège Souk el Zitoun, mais du collège Route-de-Tunis, aujourd'hui collège Bouassida.

Je pourrais continuer, dans cette course contre le temps où les derniers témoins vieillissent, où la mémoire s'efface. Je suis souvent arrivée trop tard, les gens qui la connaissaient n'étaient plus là, ne pouvaient plus répondre à mes questions. Mais j'ai parcouru les allées du parc de l'ENF, j'ai vu la statue de la normalienne des villes et de la normalienne des champs, et j'ai mis la main sur le tronc du gingko. J'ai vu les bâtiments murés, et on m'a désigné la bibliothèque, le foyer et les dortoirs. Même si je ne sais pas quelle était la fenêtre de sa chambre, elle devait être derrière, et me regarder en souriant. J'ai vu les bâtiments de brique, et le porche, École normale d'institutrices. Rongés par la mérule pleureuse, laissés à l'abandon, saccagés par des squatteurs, promis à la destruction, les vitres explosées, la salle des fêtes envahie par la végétation, les arbres à papillons poussant leurs hampes dans les salles de cours et, finalement, tout une aile ravagée par un incendie.

Je ne sais pas pourquoi, à un moment, j'ai commencé à chercher, à poser des questions. Et je ne sais pas pourquoi, à un moment, j'ai décidé que c'était fini. Peut-être parce que je sais aujourd'hui que c'est à moi de choisir en quoi je lui ressemble : l'obstination, la détermination. Et toujours mettre des couleurs à mes robes.

Je peux désormais me souvenir sans me retourner. Pour l'instant, du moins.

Œuvres citées

Bibliographie

François Rabelais, *Les Cinq Livres des faits et dits de Gargantua et Pantagruel* (éd. intégrale bilingue), Paris, Gallimard, coll. « Quarto », 2017.

Louis Aragon, « Le Conscrit des cent villages », *in La Diane française*, Seghers, 1945.

Francis Scott Fitzgerald, *Gatsby le Magnifique*, Livre de poche, 2013.

Le Tour du monde de Gigi l'hirondelle [Multimédia multisupport] / (aut. non mentionné). Publication : Bonneuil-les-Eaux : Scolavox, 1973.

La Petite Christine, livre disque Casterman/L'âge d'or, d'après le conte d'Andersen, 1977.

Catherine Deneuve, Patrick Modiano, *Elle s'appelait Françoise...*, Canal + éd., 1996.

Daniel Mendelsohn, *Les Disparus*, Flammarion, 2007.

Michel Legrand, *J'ai le regret de vous dire oui*, Liana Levi, 2020.

Filmographie

Les Parapluies de Cherbourg, Jacques Demy, 1964.

L'Homme de Rio, Philippe de Broca, 1964.

Les Demoiselles de Rochefort, Jacques Demy, 1967.

Hibernatus, Édouard Molinaro, 1969.

Ma nuit chez Maud, Éric Rohmer, 1969.

Peau d'Âne, Jacques Demy, 1970.

Les Larmes, court-métrage de fiction, de Laurent Larivière. D'après une idée originale d'Olivia Rosenthal, Senso Films (http://vimeo.com/39041100), 2010.

Peau d'âme, documentaire, de Pierre-Oscar Lévy et Olivier Weller, Shellac, 2017.

Les Tendres plaintes, Perrine Lamy-Quique (en montage), 2021.

Remerciements

Merci d'abord, du fond du cœur, à Danielle. Aucun mot assez vaste, assez beau, pour lui dire mon amour et ma reconnaissance.

Merci à tous ceux et toutes celles que j'ai embarqués dans cette histoire sans leur demander leur permission : mes frères, Laurent et Thibault, et ma famille retrouvée, Raymond et Hélène, Mauricette, trop peu revue, et les cousines, Catherine, Élisabeth, Patricia.

Merci à toutes mes détectives associées, mes éternelles jeunes normaliennes, Brigitte ma marraine, et puis Jacqueline, Thérèse, Josiane, Chantal, Christiane L., Jeannine, Yvette, Monique, et François.

Merci à mes amies tunisiennes, Neila, Hazar, Monia, Salma, qui m'ont guidée dans Sfax et dans la cité Es Sourour.

Merci à Ian, et aux enfants, qui supportent au quotidien mes idées fixes et ma passion pour Jacques Demy. Merci à Lilia, pour avoir mis des images sur mes émotions.

Merci à Marguerite de Bengy, pour sa confiance et tout le travail d'accompagnement, patient, minutieux, bienveillant.

Table

Conception graphique : Philippe Apeloig.
Composition : Utibi.

Imprimé par Grafica Veneta à Trebaseleghe (Pd).
Dépôt légal : août 2021.
Imprimé en Italie.

ISBN : 978-2-207-16357-3.

396625